# 追放された聖女は
# もふもふとスローライフを楽しみたい！
## ～私が真の聖女だったようですがもう知りません！～

桜あげは

# 目次

追放された聖女はもふもふとスローライフを楽しみたい!
私が真の聖女だったようですがもう知りません!
イケメン狐獣人 シリル
獣人魔族国・モフィーニアの魔王子。普段は超絶イケメン王子だけど、興奮しちゃうと銀狐姿になってしまい…?
召喚された聖女 エマ
日本の平凡な居酒屋店員だったけど、“聖女”として召喚。偽物レッテルを貼られ、一度国外追放になるけれど…!?
Main Character

## モフィーニア

獣人魔族の国。その国力からか、各国から狙われている。

### フレディオ

シリルの父親で魔王。穏やかな性格でスイーツ好きのイケオジ!

### テオ

高位魔族。衛兵だったけど、怪我を負い魔王城の門番になる。

### アルフィ

フレディオの側近。転移魔法が得意でエマもお世話になっている。

### ミニもふもふ

犬、猫、小鹿、アナグマ、ウグイス、豚…の姿をした下級魔族たち。

## キーラン国

隣国の資源を奪って成り立っている小国。

### スミレ

エマとともに召喚された元女子高生。自分が大切な利己的な女の子。

### リマ

キーラン国公爵令嬢。甘やかされて育ったため、ワガママに。

### フィーリポ

キーラン国王。強欲親父で、モフィーニアの資源を狙っている。

### フェリポ

キーラン王太子。彼も強欲で、父王に対して下克上を狙っている。

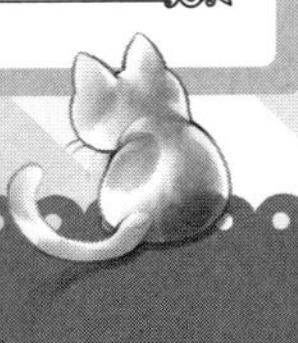

# 一　召喚聖女、魔王になる

絢爛豪華《けんらんごうか》な謁見の間の中央で、私は一方的に糾弾されていた。

「偽聖女《にせせいじょ》エマ！　お前のような詐欺師《さぎし》はキーラン国に必要ない。今すぐ出ていけ！」

「我々を混乱させ、聖女スミレに無礼を働く腐った心根《こころね》は到底看過できるものではない！」

目をつり上げ、高慢な物言いで私を責めるのは、この国キーランの国王と王太子だ。

「だから、そんな詐欺はしていません！」

私は精いっぱい自分の無実を訴えているのだけれど、先ほどから相手は聞く耳持たずといった状態だ。

「頭《ず》が高い！　罪人風情が生意気な！」

抵抗していると屈強な兵士によって赤い絨毯に膝をつかされ、後頭部を押さえつけられた。

「う……っ！」

無理な体勢を取らされた体は痛みに耐えきれず、思わず喉から悲鳴が漏れる。

目の前で真っ赤な顔で怒鳴っている国王と王太子は、国のトップだというのにふたりとも頭に血の上りやすい性格をしていた。

「本当に、なにもしていないのに」

私の意見など誰も聞いてくれない。

少し調べればわかるのにだが、この人たちは真実を見極めようとも思わないのだ。

私は小さくため息をつき、冷静に玉座を見て考え込んだ。とはいえ、手づまりだ。

私がなにを言ったところで、今さら聞き入れてはもらえないだろう。

「困った……」

詐欺師だのスミレに危害を加えただの告げられても、両方身に覚えがない。

すると、謁見の間の入口から第三者の声があがった。

「待ってください！」

宝石をちりばめた上質そうな生地のドレスに身を包んだ派手な少女が、息を切らせて私の前に走り出る。話題に上っていたスミレだ。黒髪お団子ツインテールに、長い手脚を持つ、私よりいくらか年下の年頃の美少女。

対して私は、緩くウェーブのかかった黒髪を雑にまとめ、ボロボロの生成りのロングワンピース姿と極めて地味な身なりで、雲泥の差だ。

「もういいんです。私は平穏に聖女として過ごせれば」

スミレは目に涙を浮かべながら王と王子に訴えかけた。

「この人を、許してあげてください」

しおらしい様子で顔を覆う少女は、泣いているようにも見える。

「スミレ。こんな女をかばうというのか？　君を傷つけた罪人だぞ！」

王太子は苦いものを飲み込んだような表情で答えた。

「ええ、そうね」

「だから罪人ではありません！」

私の訴えはまたもや無視される。一方的すぎる断罪劇が続いただ。

玉座の横から駆け寄る王太子の傍らで顔を覆いながら、にんまりと口もとをつり上げたスミレがささやく。

「そんなぁ。許してもらえないなんてぇ――とってもかわいそう」

（両手の下の笑い顔、隠しきれていないから）

私にだけ見える角度で、スミレは「べー」と舌を出してみせた。

「くっ……聖女スミレにここまでさせるなんて。なんて罪深い女なんだ」

しかし周りの人間は、信じられないくらいあっさり彼女に騙《だま》されている。

「偽聖女、お前は国外追放とする！　本来なら処刑も免れないところだが、心優しいスミレに感謝するんだな」

（優しいもなにも、私をはめたのはその子だよね？）

いったい全体、どうしてこんな事態に陥っているのか。自分の行動が悔やまれる。

＊　＊　＊

前世の私は、二十三歳の平凡な居酒屋店員だった。

料理を作るのが大好きで、趣味が高じて社員として調理場で働いていたのだ。

楽な仕事ではないし給料も高くはなかったけれど、ここで修業をして、いつか自分の店を開くという夢を持っていた。

調理場で働く仲間には、同じ目標を持つ人が多かったのを覚えている。

そんなある日、仕事を終えた私が家に向かっている途中に事件は起こった。

場所は深夜の駅前で、近くでは若者の集団が騒いでいる。今時のおしゃれな子たちで、そこそこ格好いい男子の中にとてもかわいい女子がひとり。

（こんな時間に元気だなあ、高校生くらいかな）

感心しつつ前を通り過ぎようとすると、急に地面が青く光りだした。

「えっ……？」

突然の怪奇現象に、高校生たちも悲鳴をあげている。

普段は物怖じしなそうな若者も、想定しない事態を前にパニックになっているようだ。

その間に光はだんだん大きくなり、すべてをのみ込んで——気づけば、私は冷たい床の上に寝そべっていた。

（つるつるの床が気持ちいい……）

戸惑いつつ顔を上げると、目の前には見覚えのない光景が広がっている。

ドーム形の高い天井、金の草花の装飾が施された神殿のような柱。真っ白な壁に、高級そうな大理石の床。

「ここはどこ？」

むくりと起き上がって首を巡らせると、すぐうしろに女の子が倒れていた。

黒髪お団子ツインテールに、白くて細い手脚、カラフルな爪。

光に包まれて叫んでいた子だ。残りの子たちの姿はない。

（まずは現状確認が大事よね。外に出てみるか。人がいれば話しかけよう）

服は居酒屋のエプロンの下に着ていたシャツとデニムだけれど、持っていたバッグはどこかに落としたようで消えている。不可解だ。

立って歩きだそうとすると、離れた場所にあった扉から大勢の人間がゾロゾロと登場した。

髪の色が金髪だったり、茶髪だったり、背の高さも肌の色もさまざまだ。

何事かと思いながら棒立ちしていると……。

舞台衣装のような重厚な服を身にまとった彼らが、立ち尽くす私に気づいて駆け寄ってきた。

中でもひときわ豪華な服を着ている人が話しかけてくる。

「おお、召喚成功だ！　異世界より聖女様が降臨された！　なんと神々しい……！」

「……は？」

彼らの言っている内容が理解できず、私は戸惑った。

そのタイミングで、うしろに倒れていた女の子が目を覚ます。

「きゃあっ！　なんなの⁉」

女の子は勢いよく立ち上がり甲高い声を出し、謎の人々も私と彼女を見て驚きの声をあげた。

「なんと、聖女様がふたり！　いや、一回の召喚で聖女はひとりしか呼ばれないはず」

私と女の子は日本《にほん》から異世界に召喚されたらしい。

今いる国はキーランといい、豪華な服を着ているのが王様で、隣にいるキラキラしたイケメンが王子様だそう。

キーランは、森を隔てた先にある魔族の国に侵略される危機に瀕していた。

魔族たちは手ごわく、国内の人間では対処できないので、異世界から聖女を呼び出したのだという。

召喚で呼び出した異世界人は、この世界の人間よりも優れた能力を持っているのだとか。

しかし、それを聞かされた私の感想はただひとつ。

(そんな、めちゃくちゃな……だってこれ、どう考えても立派な誘拐ですよね？)

けれど一緒に呼び出された女子高生のスミレは、私とは違う考えを持っていたみたいだ。

「ええっ、本当ですかぁ？　すごぉい、うれしい！」

彼女はこの状況を歓迎していた。

目をキラキラさせ、現状を喜んでいる。

国王と王子はまず、私たちに自分の職業や能力を確認するよう命じた。

「それぞれのステータスを確認してほしい。ステータスと唱えれば、こちらの世界での自分の情報が見られるはずだ」

言われた通り、声を出してみる。

「ステータス……っと」

すると、目の前に文字が現れた。

この文字は自分以外の人には見えないらしい。

ただし〝鑑定〟というスキルがある者に限り、他人のステータスも覗《のぞ》けると説明を受けた。

しかし、ものすごく希少なスキルなので滅多に見つからないそうだ。

**エマ**
**職業：聖女**
**スキル：結界（中）、治癒（大）、解呪《かいじゅ》（大）、鑑定（中）**
**耐性：魅了無効、支配無効**
**備考：異世界人、料理が好き**

〝耐性〟とは、状態異常になりにくい能力を指すようだ。

（私のスキルに〝鑑定〟がバッチリ入っているんですけど？　……本当に珍しいスキルなの？）

人のステータスも見られるようだ。備考欄に簡単な人物説明も出ている。
（ついでにほかの人のステータスも確認してみよう）

**スミレ**
**職業：町人**
**スキル：魅了（小）**
**耐性：なし**
**備考：異世界人、玉の輿志望**

**フィーリポ**
**職業：キーラン王**
**スキル：支配（小）**
**耐性：なし**
**備考：強欲な王、魔族の国の資源を狙っている**

**フェリポ**
**職業：キーラン王太子**

**スキル：支配（小）、魅了（小）**
**耐性：なし**
**備考：強欲な王子、下剋上を狙っている**

〝支配〟というのは命令の受け入れられやすさ、〝魅了〟というのは外見によって相手に好意を抱かせる能力を指すみたいだ。

（たしかに、偉い人や魅力的な人の頼みは断りにくいものね）

〝耐性〟については、なにも持っていない人もいるらしい。

頭の中で情報を整理する。

〝聖女〟というのは、私の異世界での職業名。

そして私たちを呼び出したキーランの王は、備考に〝魔族の国の資源を狙っている〟と出ていた。

（それって〝魔族の国に侵略される危機〟と矛盾しているような？）

ステータスによると、王子は実の父親相手に下剋上を狙っているらしい。

（キーラン国、大丈夫？）

不安になった私は、職業をごまかそうと決めた。

正直に聖女だと名乗って強制労働させられたら嫌だからだ。

（職業は、もうひとりの女の子と一緒でいいか）

この世界にどんな職業があるかわからないし、変なのをでっち上げれば疑われる。

なので、女子高生――スミレの職業名を借りようと決めた。

「私の職業は、町人です」

言うのと同時に、周囲からがっかりした声が漏れた。

あからさまだ。わかりやすいにもほどがある。

「え？　お姉さん、町人なの？」

不思議そうに見てくるスミレに向けてうなずく。

「そうです」

あなたと同じですよという意味も込めて微笑んだ。

「へえ、ふぅん？」

スミレはなにかを迷っている雰囲気で、ややあって口を開いた。

「私、聖女ですっ！」

「へっ？」

「こっちのお姉さんは町人で、召喚に巻き込まれただけみたい！」

職業名を耳にした人々が、いっせいにスミレに群がった。

「おお、聖女様！　我々をお救いください！」

「フフン、もちろんよ。でもぉ、聖女ってなにすればいいですかぁ？」

王太子に近づいたスミレは、彼を上目遣いで見つめている。好みだったようだ。

（ステータスの備考欄に〝玉の輿志望〟って書いてあったものね）

騒ぎが落ち着いたところで、私は彼らに声をかけた。

「あの、私は巻き込まれただけのようなので、もとの世界へ帰りたいのですが」

しかし、告げられた言葉は非情だった。

「申し訳ない、召喚魔法は片道しか機能しないのだ。あなたには悪いが帰る方法はない。ついでに言うと聖女以外は用なしだから、近いうちに城をから出ていってもらおう」

「そんな……」

まったく知らない世界でなにも知らないまま放り出されて、いったいどうやって生きていけばいいのだろう。

「大丈夫だよ、お姉さん。生活できないのなら私の使用人にしてあげる！」

いいことを思いついたという様子で、スミレはにこにこと微笑んでいる。

使用人にするもなにも、彼女にこの場の人事権はないよね？

「スミレ様たちを部屋へお連れしろ」

キーラン王の命令で、私たちは客室に通された。

あとで聖女には豪華な私室が、町民の私には出ていくまでの間滞在する使用人部屋が与えられるという。

周りの人がいなくなったタイミングで、私は彼女に話しかけた。

「あの人たちの言う内容をあまり鵜呑みにしない方がいいと思いますよ」

「あら、どうして？」

「だって変じゃないですか。彼らは、私たちを魔族に対処するために召喚したと言っていました。聖女になったら危ない仕事を強要されるかもしれない。仮に魔王が侵略してきても、聖女ひとりでなんとかできるわけがないです」

「あはは、お姉さん、冷静に見えて実はビビってんの？　どうせ聖女は象徴的な感じで存在しているだけでよくて、魔族は兵士とかが倒してくれるんじゃないかなあ？」

「本当にそう思います？」

「もしかして、聖女の私に嫉妬？　町人に魔族退治は無理だものねえ？　まあとにかく、前線に出るのは私じゃないってば。王様も王太子様もいい人たちだって」

いい人が、このような無理やりな召喚をするだろうか。

「でも……」

「ああ、もう、グチグチとうるさいな！　ただの町人は黙ってろよ！」

私の言葉が気に障ったのか、スミレは急に態度を翻した。

内容をうまく伝えられず、反感を買ったみたいだ。

「淡々と正論を並べてんじゃねえよないわよ。ちょっと年上だからって、偉そうに何様のつもり？　私の行動に文句を言う人はここから出ていってもらうから！　だいたい、最初から気に入らなかったのよね。チヤホヤされるのは私ひとりで十分なのに！　なんで私の召喚についてくるのよ？　はっきり言って邪魔なんだよ！」

あまりの言葉に私は絶句する。最初から彼女に嫌われていたらしい。

（今のが本音だったなんて）

気まずい空気が流れる中、コンコンとノックが響き、キーラン王太子が部屋に入ってきた。

「やあ、待たせましたね。部屋の準備ができたから呼びにきたのですが」

王太子の姿を目にした途端、スミレが立ち上がって彼のそばへ向かう。

「あの人、ひどいんですぅ！　町人のくせに、聖女の私に暴言を吐くの！」

私はあんぐりと口を開けた。『町人はあなたの方でしょう』と言いたいが、鑑定の力が露見するのは困るので、我慢して言葉をのみ込んだ。

だいたい今の状況で言ったところで、どこまで信用してもらえるか……。

（そもそも職業が自己申告の時点で穴だらけだと思うんだよね。ごまかし放題だ）

その後は一週間ほど、私とスミレは王宮で過ごした。

スミレの虚言はひどくなる一方で、ついには『持ち物を取られた』だの『階段から突き落とされた』だの言い出すようになった。ちなみに、加害者はすべて私。王や王太子は彼女の言葉を無条件で信じた。

スミレのスキル〝魅了〟が働いているのかもしれない。

（いや、真偽はどうでもいいのよね）

彼らにとっては聖女の機嫌を取るのが最優先なのだ。

こうして、わずかな期間のうちに私は王宮中で罪人呼ばわりをされるようになった。そして冒頭に戻る。

一方的に私を日本から呼びつけたくせに出ていけなんて、失礼極まりない。

だから国外追放を言い渡された私は、とっととキーランから逃げて生活する術を探そうと思った。

思ったのに……。

現在、私はロープでぐるぐる巻きにされ、猿ぐつわをはめられ、護送用の馬車でどこかへ運ばれている。

なにがどうしてこうなったのかはわかっている。

聖女を害する罪人を確実に国外へ出すためとか言って、王や王太子が私を拘束するよう兵士に命じたのだ。町人と軽んじているくせに、彼らはどこかで私を恐れているみたいだった。

なす術なく捕まった私は、ポイッと馬車に放り込まれドナドナ中。

何日間か走り続けた馬車は、やがて森にたどり着いた。

辺りは静かで人の姿はなく、森林特有の湿った空気の中、木々と土の匂いが広がる。

(ここが国境なの？　こんな辺鄙《へんぴ》なところが？)

ようやく解放されるかと期待したけれど、そんな考えは甘かった。

集まった兵士たちは、私を前にして血も涙もない相談をし始める。

「罪人はこの森へ置いていこう」

(ちょっと待って、私に下された処罰って、国外追放だよね？　野外拘束放置プレイではないよね!?)

「フガ、フガガ！」

異を唱えようにも、猿ぐつわのせいで声が出せない。

(こんな場所に置き去りにされたら困るんですけど！)

「そうだな、森に捨てておけば魔獣が片づけてくれるだろう。陛下や殿下は、聖女様に仇をなした者を生かしておくべきではないと仰《おお》せだ」

「町人とはいえ、得体の知れない異世界人だしな。念のためか……」

「魔の森の魔獣たちなら、綺麗に食ってくれるんじゃないか？」

(なんということ！)

彼らは初めから森で私を始末する気だったのだ。

「フガー！　フガガガ！」

必死に助けてくれるよう訴えるけれど、やっぱり猿ぐつわのせいで声にならず、兵士たちには届かない。

たしかに私は異世界人だけれど、なんの力もないし、スキルの使い方すらわからない。さすがに過剰防衛だと思う。

（逃げなくては！）

助けてもらえなさそうなので自力で縄から逃れようと暴れるが、どうにもならない。

手首や足首が痛くなるだけで、たくさん巻かれた縄は緩む気配すらなかった。

「フガガガガ！　フゴッ、フガガガ！」

「うるさい。暴れるな、罪人め！」

荷物のように持ち上げられた私は、森の奥へと運ばれていく。兵士は私を地面の上に置き去りにした兵士は、さっさと戻っていった。

（嘘でしょう⁉）

「フガガーーーー！」

森の中、私の悲痛な叫びだけがこだまする。

とにかくこのままではいけないと、縄をほどきにかかった。

うっそうと木々が生い茂る薄暗い森の中では、時折気味の悪い獣のうなり声が聞こえる。

この国の気候は日本に近く四季があり、今は春から夏へ移り変わる時期。暖かい季節だが、なにしろ日がほとんど差さないので、湿った地面は冷えてかなり冷たい。

(どうしよう、まったく動けない)

どれくらい奮闘しただろう……。

次第に辺りが暗闇に覆われ、森に住む生き物の気配が濃厚になる。

私はといえば、縄をほどけないまま、相変わらず地面に横たわった状態だ。

喉が渇いたしおなかも空いたし、雨も降り始めたし、精神的にも限界で泣きそうだった。

(私、このまま森で朽ちていくのかな。そんなの嫌すぎる)

しばらくして、「グルルル」と間近で低いうなり声が聞こえた。

びっくりして、縄をほどこうと動いていた手足を止める。

(なに、今の……)

カサカサと、木の葉を踏む足音がたくさん近づいてくる。

十中八九、兵士の言っていた魔獣だろう。怖すぎて声も出ない。

呼吸を止めて気配を消そうと試みるけれど、嗅覚の鋭い獣を前にしては無意味に思えた。

自分の心音がやけに大きく聞こえる。

やがて足音は横たわる私の背後で停止し、ハアハアと荒い息がむき出しの手首にかかった。

近くになにかが来ている。

続いて、同じような足音が次々に近づいてくる。群れのようだ。

（嫌だ！　殺される！）

恐怖から目をつむったそのとき、不意に強い風が吹いた。

「ギャウッ！」

「ギャ、キャウンッ！」

「キャンッ、キャイーン！」

次々に、魔獣の悲鳴があがる。

そうして徐々に魔獣の気配は遠ざかっていき、辺りは静かになった。

「大丈夫か？」

状況がのみ込めないまま転がっている私に、上から声がかけられる。続いてふわりと体が持ち上げられた。

（え、なに？　なにが起こっているの？）

なにか言わなくてはと焦ったけれど、そういえば猿ぐつわをはめられていてしゃべれないのだった。無念。

考えていると、再び声をかけられる。

「ここにいては危ない。運ぶぞ」

銀髪の男性が私を抱えていた。ハンサムな中年男性で、俗にイケオジと呼ばれるような相手。

どうして彼は夜の森にいたのだろう。

（普通に危ないよね……？　悪い人だったりする？）

でも、魔獣の餌になるよりマシだ。

安堵からか、体の力が抜けていく。

（駄目だ……もう、体が限界……）

召喚されてからのストレスと、数日間にわたる悪環境での護送。さらには森への置き去りと魔獣との遭遇。

体も心も限界だったようで、私はそのまま意識を手放した。

＊＊＊

気がつくと、なにかやわらかいものの上に寝転がっていた。モフモフ、フカフカして暖かい。

視界には石造りの天井、壁にはかわいい小花柄のタペストリーが……。

「って、今度はどこに来たの!?」

声が出た。猿ぐつわはどうやらはずれたようだ。

ガバリと起き上がると、下にあるモフモフものそりと動く。

それは銀色の綺麗な中型の……。

「犬……？」

巨大な犬がいる。フサフサと毛艶のいい綺麗な犬だ。

「違うよ。この美しい毛並みと尻尾は、どう見たって銀狐《ぎんぎつね》でしょ」

「わあっ！　しゃべった！」

しゃべる狐は「んーっ！」と伸びをすると、グニャグニャと輪郭を崩す。

次の瞬間、目の前に細身の銀髪美少年が現れた。

長いまつげに囲まれた大きな赤い目と、スッと高い鼻、均整の取れた体つき。

中学生くらいに見える。

びっくりして言葉も出ない私を眺めて、少年はフフンと不敵に笑った。

「あ、あの、ここはどこですか？」

（森は？　魔獣は？　イケオジは？　なんで狐が少年に⁉）

疑問が多すぎてパニックになりそうだ。

「ここは、モフィーニアの魔王城」

「魔王城⁉」

（どうしよう、ラスボスの本拠地じゃないの！　また命の危機にさらされるのでは？）

キーラン王たちは、魔王が国を侵略してくると言って警戒していた。

脅える私に向かって、赤い目を瞬《まばた》かせた少年が微笑む。

「父上が君を運んできたんだよ。覚えていない？　縄でぐるぐる巻きにされて、国境沿いの森に倒れていたでしょう。父上は仕事があるから、僕がお世話を任されたんだ」

「そうですか……」

「体が冷たくなって危なかったから、ああして暖めていたんだよ」

（いやいやいや、暖めていたって。布団でもかけておいてくれたら十分なのに。たしかに、モフモフした動物の体温は温かかったけれど）

話していると、部屋の入口から低い男性の声がした。

「シリル、客人が起きたのか？」

少年が立ち上がり、部屋の外に駆けていく。

「父上、女の子は元気そうだよ。こっちにいる」

戻ってきた少年に連れられて現れたのは、森で私を助けてくれた男性だった。

とりあえずふたりまとめて鑑定しようとした私の口から「ひぇっ！」と変な声が出る。

**シリル**
**職業：魔王子**
**スキル：全属性魔法（中）、鑑定（中）**
**耐性：魅了（中）、支配（中）、毒（中）**

**備考：狐獣人魔族**

**フレディオ**
**職業：魔王**
**スキル：全属性魔法（大）、鑑定（大）、スキル譲渡（大）**
**耐性：魅了（大）、支配（大）、全状態異常（大）**
**備考：狐獣人魔族**

見間違いだと思いたい。

（職業欄が〝魔王〟って、あの魔王だよね……？　やっぱり殺される……？）

ここは魔王城らしいけれど、私を助けてくれた人がまさかの魔王本人だったなんて。

森に放置され、早々にラスボスに出会ってしまった。

「キーランの人間どもが国境で騒いでいると連絡が入り、確認しに出てみれば。聖女が捨てられたなんて、いったいどうなっている？」

私が鑑定のスキルで相手を探れるのと同じで、向こうにも私の情報がわかるのだろう。

しかも、魔王の鑑定能力は私よりも上だ。正体もばれている。

「警戒しなくていい。私も息子も、君に害を加える気はないから」

緊張したまま体をこわばらせていると、魔王が私を見て言った。

「……はひ」

どう答えればいいのかわからず、震えながら返事をする。

たしかに害意があるなら魔王が聖女を救ったりしない。森に置き去りにするなり、気絶している間に倒すなりしているはずだ。

シリルという少年は私を看病してくれていたみたいだし、ふたりからは敵意を感じない。

「あの、助けていただき、ありがとうございます」

「気にするな。拘束されて魔獣の餌にされている女性を見捨てるなど、後味の悪い真似はしたくない。それにしても、どうしてキーラン国のやつらは聖女を森へ捨てたんだ？　自分たちで異世界から召喚したのだろう？」

「それは……」

魔王とその息子は、キーラン国が異世界召喚した事情も知っている様子。

正直に話そうか迷っていると、先にシリルがしゃべり始めた。

「君がキーラン国でなにを聞いたかはわからないけれど、あの国は長年、うちの国の資源を狙っているんだよ。魔族に言いがかりをつけて、今までたびたびこの国を攻撃してきた。こちらは向こうに用なんてないのに」

強欲な王と王子のステータスが脳裏をよぎる。

まさか、最初にキーラン国で聞かされた話は、全部嘘なのだろうか。

「キーラン国を探っている部下から、あいつらが異世界召喚に成功して聖女を呼び出した、なんて情報が入ってきたから、僕らの方でも警戒していたんだ」

「情報が早い……」

「でもなぜか、国境の森に聖女を捨てにきているし。正直言って僕らも意味がわからない」

「そういう理由だったの」

彼らになら話してもいいかと思い、私は口を開いた。

「実は、キーラン国を追放されたんです……」

それから、私は召喚されてから今までの出来事を魔王たちに話した。

聖女という職業を隠したせいでスミレにはめられ、王や王子の怒りを買って追放された経緯をすべて。

話を聞いたふたりは、あぜんとした表情を浮かべている。

「嘘だろ？　キーランの人間どもはバカじゃないのか。待ち望んだ聖女に気がつかないなんて、ひどい話にもほどがある。鑑定ができないにしても、いろいろずさんすぎるだろう」

魔王の言葉に、少年も深くうなずく。

「本当だね。自分から切り札の聖女を追い出すなんて、どうかしているよ」

「でもまあ、ある意味それでよかったのかもしれないな……。異世界人の多くは、王宮の歓待ぶりに浮かれ、言われた内容を鵜呑みにする。異世界人に前知識がないのをいいことに、あいつらは呼び出した相手を好き勝手に騙して利用するんだ。おだてて気分のよくなった異世界人に、平気で無茶な要求を突きつける」

「その点で言えば、君の選択は正解だったんだよ。正直に話していれば、今頃うちの城にひとりで特攻させられていたかも」

恐ろしい話を耳にして、私は息をのんだ。

いくらなんでも無茶苦茶すぎる。自殺しろと言っているようなものだ。

「あなた方の話を聞いて、納得がいきました」

鑑定したステータスを見ても、ふたりの言い分の方が正しいのだと判断できる。

森に捨てられたときは自分の選択を後悔したが……町人だと偽ってよかったのだ。

あきらかに自分より強そうな魔王のもとにひとりで向かうなんてできない。

「ところで、まだ君の名前を尋ねていなかったな。鑑定で確認済みかもしれないが、私はモフィーニアの魔王、フレディオだ。こちらは息子のシリル」

「そちらも鑑定で確認済みかと思いますが、聖女のエマです」

「そうか。エマ、召喚されたばかりで行くあてもないだろう。目的が見つかるまでここで暮らす気はないか？」

「それは魔王城に住むという意味ですか？」

「ああ、部屋ならたくさんあまっているからな」

いきなり予想外の提案をされ、私は困惑した。虫のよすぎる話だ。

「どうしてそこまで私によくしてくれるのですか？　助けてくれたばかりか、居場所まで。私は敵対する国に呼ばれた聖女なのに」

すると、フレディオはふっと目もとを緩ませる。

「こちらに敵対心を抱いているならまだしも、ひとりで森に置き去りにされた時点で、キーランとは縁が切れているのだろう？」

「まあ、そうですが」

「身寄りのない人間を放り出すほど私たちは冷酷じゃないし、目の届くところに聖女がいてくれた方が安心だ。ほかの国にさらわれて利用され、うちの国に攻め入られてはたまらない」

「なるほど、監視も兼ねての提案なのですね。それなら納得です」

魔王城に滞在できるのは、私にとってありがたい話だった。

こちらの世界の常識などなにも知らず、職も住むところもお金もない。森に置き去りにされなくても、途方に暮れていたに違いないのだから。

しばらく監視されるくらい、どうってことない。

「あの、お世話になってもいいでしょうか？　なるべく早く自立の道を探したいところですが、この世界の常識がわからないので」

「もちろんだ。シリル、エマを空いている部屋へ案内してやれ。いろいろあってまだ疲れているだろう。あとで食事を運ばせる」

父親の言葉にうなずいたシリルが私の手を取った。

「こっちだよ、来て。部屋は僕が選んであげる」

「あ、うん……」

シリルに連れられ、私は石の階段を上へ上へと上っていく。部屋があるのは五十階らしい。タワーマンションみたいだ。

(しんどいんですけど。魔族って全員すさまじい体力を持っているのかな足がしんどいんですけど、魔族って全員健脚なのかな？)

ゼェハァと息を切らせる私を見かねたのか、シリルが「運んでいい？」と聞いてきた。「運ぶって？」と疑問に思った瞬間、体がぐいっと持ち上げられる。

「ひぇっ！」

本日二度目の奇声だけれど、仕方がないと思う。

だって私は年下のシリルにお姫様抱っこされているのだから。

……儚い美少年の細腕が折れないかが心配だ。

「あの、私、重いので。下ろしてくれません？」

「そう？　魔族と比べるとだいぶ軽いけど」

「えっ……そうなの？」

「それに、抱き心地がいいから放したくない」

シリルは子どもらしからぬ艶めいた表情を浮かべる。

私を抱き上げながら階段を上るなんて無理だろうと思ったけれど、シリル少年は難なく上階へ駆け上がり、あっという間に部屋の前に到着した。

正面には、金色に縁取られた上品な白い扉がある。

「ここだよ。僕の隣の部屋だから、なにかあれば呼んで」

扉を開けると、大きな部屋が広がっていた。

正面には火のともっていない暖炉と高価そうな応接セットが並んでいて、奥が寝室になっているようだ。

床にはふわふわの薄紫色の絨毯が敷かれていて、カーテンやテーブルクロスも同じ色。落ち着いた空間になっている。

「王族の人と同じフロア……？　しかも豪華な部屋……さすがに恐れ多いのですが」

「大げさだな。聖女の君は狙われやすいから、僕らに近い部屋の方が安心でしょ？　同じフロアだったら護衛たちの手間も省けるし」

（使用人部屋でいいのだけれど、そういう理由ならワガママを言ってはいけないかな）

「ありがとう。これからお世話になります」

「うん。それはそうと……僕、疑問に思ったんだけど、エマは聖女で強いのに、どうして人間たちにおとなしく拘束されていたの？　余裕で撃退できるよね？」

「そんなわけないじゃないですか。相手は城の兵士なのに！」

元居酒屋店員が刃向かったところで、瞬殺されるに違いない。

「聖女の結界でなんとかならない？」

「無茶を言わないでください。第一、使い方がわかりません」

私が答えると、シリルは大きく口を開けて押し黙った。

「……本当に、なにも教えられていないんだ」

なにかを納得したように彼がうなずく。

「それじゃあ、ここで暮らすにあたって知る必要のある内容を僕から伝えるね。スキルの使い方も」

「できればお願いしたいです。でも、聖女に塩を送るような真似をして大丈夫なんですか？」

「平気平気、君はキーラン国を嫌っているでしょう？　今さら僕らに攻撃するメリットもないだろうし」

「まあ、そうですけど」

「それじゃあ、これからよろしくね」

差し出された白魚《しらうお》のように美しい手に、私は恐る恐る自分の荒れた手を重ねる。

それから、シリルにこちらの世界の常識を教えてもらった。

ルールは、日本とはまったく違うものばかり。さらに、人間と魔族の間でも文化が異なるようだ。

まずはキーランだけれど、王政の国で、近隣の国の資源を奪って成り立っている小国だという。元盗賊国家だったと聞いても、妙に信憑性があって納得できる。

（最近は異世界召喚ばかりを行っていて、異世界人頼みの強引な侵略が目にあまる状態だったみたいね）

そしてモフィーニアは獣人系魔族が中心の魔王制の国で、自国の産業だけで成り立っている。

北には雪山や鉱物が取れる洞窟、南には広大な森、東にはどこまでも広がる草原、西には豊かな海があって資源に事欠かない。それらを狙う人間の国には辟易しているようだけれど。

「私たちのほかにも、異世界人が召喚されていたのですか？」

「そうだよ、あの国は何度も召喚を行っているし、聖女が召喚されたのも初めてじゃない」

（あんなわざとらしい演技をしていて、召喚常習犯だったのか！　キーラン、許すまじ！）

「それじゃあ、私以外にも聖女がいるんですね？」

「今はいない」

シリルの言い方に疑問を覚え、私はつい彼に質問した。

「どういう意味ですか？」

「君のひとつ前に召喚された聖女は、他国との戦争で亡くなったみたいだよ。モフィーニアじゃなくて人間の国だったけれど。うちの国も何度か聖女を破っているし……かわいそうだけれど、こちらも死活問題だからね。説得に応じてくれなければ倒すしかない」

「そうですよね」

（シリルの意見は正しい。でも……）

返事をしながらも、私は複雑な思いにとらわれるのだった。

＊＊＊

キーランの王城。絢爛豪華な一室で、スミレは聖女として贅沢な暮らしを満喫していた。

ドレスを着たまま天蓋つきの巨大なベッドに飛び込んで上を見上げる。

「この王宮、至れり尽くせりね」

綺麗に磨かれた爪に、美しく流れる髪、繊細なレースがあしらわれたドレスに国宝級のジュエリー。チヤホヤしてくれる使用人。

前世ではどうやっても手の届かない待遇だ。

「あははっ！　聖女って言ってよかったぁー！」

スミレの本当の職業は町人だ。

〝魅了〟のスキルが使えるらしいけれど、どうやって使えばいいのかわからない。

「でも、そんなものがなくても、皆、私に優しいから大丈夫」

誰もがスミレを崇めるし、イケメンの王太子も優しい。

「きっと私、いずれはあの人と結婚するんだ。だって私はキーラン国が待ち望んだ聖女になったんだもの！」

スミレは選ばれた人間なのだ。

「きゃー、どうしよう。将来は王妃ね！」

バタバタと手足をばたつかせ、幸せな空想に酔う。

（そういえば、追放されたあの女は今頃なにをやっているのかな。まあ、どうでもいいけど）

一緒に召喚された、エマとかいう冴えない女。

社会人みたいだったが化粧っ気もなくくたびれた様子で、自分とは正反対の人物だった。

ステータスの職業名はスミレと同じ町人。あんな地味な女が、聖女のわけがないとは思っていたが。

「それにしてもこの部屋、いろいろなものがそろっているのね。使えないガラクタも多いけど……。異世界なのに引き出しの奥にスマホの充電器なんてあったし、充電の切れたゲーム機も。なんでこんなところに？」

そこまで考え、スミレはある可能性に気づいた。

「もしかして、私のほかにも聖女がいたってこと？　私は召喚される前にどこかでバッグが消えちゃったけれど、持ち込めたんだ。だとすれば、どうして誰も私に話してくれなかったんだろ。これから紹介されるとか？　私以外の聖女なんていらないんですけどー」

自分の地位を奪われまいかと心配するスミレは、真実を知るため王太子に会いにいこうと決めた。

「不安の種は、早くつぶさないと」

なぜ王太子を選んだかというと、単にイケメンが目の保養になるからだ。それに彼はスミレを恋人のように扱ってくれる。

「適当な人に聞くより、将来の夫と会話をした方が時間を有効に使えると思うのよね。そうと決まれば急がなきゃ」

王太子の部屋に押しかけると、彼は笑顔でスミレを出迎える。

これはやっぱり脈ありよね……と心の中でにんまり笑った。

実際、スミレと王太子は気軽に話せる仲になっている。

「スミレ、ちょうど話がしたかったんだ」

「あら、なぁに？」

「君の遠征の日程が決まった」

「え、遠征？　なんなの、それは」

「遠征は遠征だよ。魔王城に攻め込む日程」

王太子はなんともないように話すけれど、スミレは嫌な予感に包まれた。

「ま、待って、魔王城に攻め込むって……？」

「最初に言っただろう？　我々をお救いくださいと。それが聖女の役目だ。準備が整ったので、魔族どもの国へ攻め入るんだ」

「あ、ああ、そうなの……私は、兵士の皆さんを元気づければいいのよね？」

聖女なんてただの象徴。周囲を鼓舞する、アイドル的存在のはずだ。

（ただの女子高生を戦場で戦わせたりしないでしょ？）

不安を覚えるスミレに気づかない王太子は、淡々とこれからの予定を話している。

「元気づけるというのは、治癒スキルか？　それはもちろんそうだが、スミレ自身にも前に出て戦ってもらわないと。聖女なんだし、結界は使えるよな？」

（どういう意味？）

スミレの頭に、追放された地味女の言葉が蘇った。

『聖女になったら、危ない仕事を強要されるかもしれない』

本当にその通りだった。

ああ、どうして自分は聖女だなどと皆に嘘をついたのだろう。

後悔しても、もう遅い。今さら町人だったなんて言えない。

だって、それを話したら……スミレもあの地味女みたいに追放されるかもしれない。

(こんなわけのわからない世界に、なにも知らないままひとりで放り出されたら、生きていけない！　私、まだ高校生なのに！)

「えっと、私、戦えないいんだけれどぉ？　そんな経験ないもの」

「心配ない。現場へ行けばなんとかなるから」

(ならねえよ！)

どこぞのブラック企業みたいな内容を口に出さないでほしい。

「私ひとりで行くなんて無理！　ねえ、ほかにも聖女がいるんでしょ？　そいつにやらせたらいいじゃない」

「なにを言っている？　我が国の聖女はスミレだけだ」

ではスミレが部屋で見た充電器やゲーム機は、いったいなんだというのか。

「すまない、これから用事がある。スミレは部屋に帰ってくれないか？　遠征に向けての仕事が多いんだ」

「し、しょうがないなぁ。もうっ」

なにがなにやらわからない状態だ。

フラフラした足取りで、スミレは自室へ向かう。

部屋に戻ると、再び充電器やゲーム機を取り出して観察した。

「どう見ても、日本のものよね？　ほかにもなにかあるかもしれない。引き出しの奥は探したから、別のところを……」

棚の裏側、ベッドの下、クローゼットの奥。

スミレは誰もいないのを確認して部屋の中をあさった。すると……。

「あった！」

本棚の裏側、見えない場所に、あきらかに日本のものだと思われるバッグを見つけた。ナイロン製のファスナーつき、どこかの高校の指定鞄みたいだ。

「なんでこんな場所に？　しかも、本棚に隠れるように置かれていた」

恐る恐る開けてみると、教科書やノート、筆記用具が出てきた。

「あ、これ……生徒手帳」

開くと、見知らぬ女子生徒の写真が貼られていた。

「日本人、よね？　どうして？」

手がかりを探すため、ほかのものも手に取ってみると、ノートのひとつが日記帳だと気づいた。日付はちょうど七ヶ月前になっている。

「これだ！　ええと……」

日記の中には、この世界へ来てからの情報も書かれていた。

十月十日
夢みたい、知らない世界に召喚されて「聖女様だ」って言われちゃった。
優しい王様と格好いい王子様が、私をお姫様みたいに扱ってくれるの。
もうひとり、一緒に召喚された男の子は勇者様なんだって。知り合いではないし、しゃべってはいないけれど。

十月十一日
やっぱり夢じゃなかったみたいで、起きたらお城の中だった。
皆が私を「聖女様、聖女様」って持ち上げてくれるの、ちょっと大げさすぎない？　聖女って具体的に何者なわけ？
スマホがつながらないけれど、向こうの友達は元気かな？

十月十二日
スマホの充電が切れそう。この世界、コンセントもないなんて。
贅沢な生活はできるけれど、暇すぎるからゲームでもしようかな。ゲーム機の充電もやばい。
今日は王様が「遠征に行け」と言ってきたんだよね。遠征ってなに？　部活？

十月十三日
とんでもない話を聞いちゃった。私、魔族の国との戦争に駆り出されるみたい。勇者の子も一緒なんだって。今まで彼とは接点がなかったけれど、兵士の人たちと訓練したって言ってた。
私も、今日初めて聖女のスキルが使えた。
使用人がケガをして、試しに治癒をイメージしてみたら、傷が消えたの。

「やっぱり！　聖女って私だけじゃなかったんだ。王太子は嘘をついた？　勇者ってなに？」

次に書かれた日記は日付が半月以上も飛んでいて、筆跡が格段に荒くなっている。

スミレは息をのんで、日記の続きを読み進めた。

十一月一日
ようやく城へ戻ってこられた。でも魔王を倒せなかった、男の子も死んじゃった。

王様たちは「態勢を立て直し、聖女ひとりだけでも戦いに行かせる」なんて言っているけれど。そんなの無理だし。勇者がいたときでさえギリギリの戦いだったのに。

召喚士が病気になったせいで、まだ次の召喚ができないんだって。というか、異世界召喚って頻繁にやっていたの!?　無節操すぎ！

私はひとり、どうすればいいの？　逃げなきゃ。

十一月十日
城に連れ戻されちゃった、脱走失敗。監視が強化されて、もう逃げられない。
今度は人間の国との戦争へ行けだって。
せめて攻撃系のスキルがあればいいのに、聖女のスキルは治癒と解呪と結界だけ。
自分のために使えるスキルがひとつもないなんて、なんて役に立たない職業なの！
私はもう駄目。この日記は隠すことに決めた。
どうかこれを見つけた次の異世界人が、無事に逃げ出せますように。

日記はこのページで途切れている。スミレは日記を閉じて膝に置いた。

（いなくなったってことは、死んだの？）

先ほどから震えが止まらない。彼女はどうなったのだろう。

真相はわからないけれど、今のままでは自分も同じ道をたどる可能性が高い。

いや、スミレに用意されているのはもっと最悪なシナリオだ。

「だって私は……聖女ですらない」

怖くて居ても立ってもいられなくなったスミレは、持ち物をまとめて城を抜け出そうとする。

しかし階段を下りたところで、見張りの兵士に呼び止められた。

「聖女様、どこへ？」

「さ、散歩。ずっと部屋にいたから、体が鈍っちゃってぇ」

「では護衛も兼ねてご一緒します。危険があってはなりませんから」

（護衛じゃなくて、監視だろ！）

スミレは叫び出したくなった。日記の中身が急に信憑性を帯びてくる。

「大丈夫ですって、すぐそこですからぁ！」

そう言って、スミレは白い大理石が敷きつめられた城の廊下を走りだす。

「聖女様！」

呼び止める声を無視して、スミレはひたすら外へと向かって廊下を駆け抜けた。

しかし、あと少しで庭に出られるというところで、うしろから伸びてきた手に片腕を掴《つか》まれる。振り返ると、微笑みを浮かべた王太子が立っていた。

「ひっ……！」

思わず悲鳴をあげそうになるのを必死でこらえる。

「スミレ、駄目じゃないか。ひとりで外に出たりしては危険だ」

「大丈夫、ただの散歩ですもの」

気づかれるわけにはいかない。足を一歩一歩動かし、うしろ向きに庭へ近づいていく。

けれど王太子が動く方が早かった。

「衛兵、スミレを部屋まで送り届けろ」

「ちょっと、私は散歩がしたいの！　勝手に部屋に連れ戻さないでくれる？」

「じゃあ後日、一緒に庭へ出よう」

「そうじゃなくて！」

日記のこともあり、王太子を疑う自分がいる。彼は、キーランの聖女はスミレだけだと言った。たしかに今はそうだ。

しかし過去には別の聖女、そして勇者も存在しており、いた。彼らの前にも誰かが呼ばれていたのかもしれない。

でも今はいない。全員消えた。

王太子は嘘は言っていないけれど、真実も話していない。この城の人たちはなにもスミレに教えてくれない。

彼らに対する信頼が、ぐらりと揺らいだ。

「ねえ、フェリポ殿下。私の前に召喚された聖女って、どうなったの？」

スミレが以前の召喚を知っていたのが意外だったのだろう。王太子は目に見えてうろたえ始めた。

「いったい、誰から話を聞いたんだ？」

「誰からも聞いていないけどぉ。強いて言えば、以前の聖女本人から……かな。ねえ、その子はどうなったの？　七ヶ月前の出来事だから覚えているでしょ？」

「なぜ時期まで。聖女のスキルか？　まれに特殊なスキルを持つ異世界人がいるらしいが」

「違うってば。だって、私は聖女じゃないし！」

スミレはついに真実を口にした。

言おうか迷ったが、聖女として魔族と戦わされるなんて冗談ではない。

（追放の方がマシだ。生き延びられる可能性が高いもの。あの地味女だって、他国で暮らしているはず。自分だけ逃げやがって！）

「スミレ、悪い冗談はやめるんだ」

「冗談なんかじゃない。私は〝町人〟なのよ！」

「わざわざ高度な聖女用の召喚を行ったんだ。追放された女は巻き込まれただけのようだが、必ず片方は聖女のはずだ」

「そんな。だって私、本当に町人なのに。まさか……」

脳裏をよぎったのは地味女の姿だ。彼女はやたらとキーラン国を警戒していた。

（あいつが本物の聖女⁉　嘘をついて逃げたの？）

どうやって知ったのかわからないけれど、地味女はキーラン国の危険性を見抜いて、職業を偽ったのだ。

「本物の聖女は、追放された女の方よ！　私は聖女じゃない！」

「残念ながら、我々には本物を判別する術がない。いずれにせよ、戦地へ行けばわかる。もし本当に聖女じゃなければ……そのときは、わかっているな？」

王太子は、今まで見たことがないほど冷たい目でスミレを見すえた。

（駄目だ、町人だとばれたら殺される）

聖女であれ町人であれ、スミレにはもう逃げ道が残されていない。

（ああ、あのとき、彼女の言葉に耳を傾けていれば）

スミレは冷たい床に膝をついて絶望に打ち震えた。

＊　＊　＊

翌日、朝一番でシリルが私の部屋を訪ねてきた。

「おはよう、エマ！　ゆっくり休めた？　不自由はない？」

「おはようございます、シリル……様。まったく不自由はありません……食事の用意や洗濯、掃除もしていただいて恐縮です。着替えも用意してくださって、ありがとうございます」

「シリルでいいよ。エマが着ていた服は浄化の魔法で綺麗にした。とはいえ着替えもあった方がいいだろうからね。侍女に頼んだんだ」

「なにか恩返しができればいいのですが――

「そんなの、気にしなくていいよ。聖女を取り込めただけでこっちは万々歳だし。エマはこうして僕の話し相手になってくれればそれでいい」

それではいくらなんでも申し訳なさすぎる。シリルは気にしなくていいと言うけれど、少しずつ自分にできることを探していこうかな。

なにはともあれ、まずはスキルの使い方を習いたい。

昨日話した内容を覚えていたシリルは、さっそく私にスキルの使い方を教えてくれる。

ほかのスキルも鑑定と同じように、心の中で『実行したい』と念じれば発動するらしいのだ。高度なスキルほど集中力が必要だという。

「エマ、僕と一緒に練習しよう」

「はい、よろしくお願いします！」

なんの得にもならないだろうに、シリルは親切に私の面倒を見てくれた。

「僕は結界が張れないけれど、魔法を使うときは手を前に伸ばして集中すると使いやすいんだ。最初に練習をしたときは、ずっと手を前に出していたよ」

楽しそうなシリルが、私の手を取って指導する。

「こう、ですか？」

「そうそう、上手だよ。その状態で、強く念じてみて？」

「結界、出て！」

両手を前に突き出して大きな声を出す。

すると目の前に、成人女性くらいの大きさの、つるんとした透明な壁が現れた。

（本当に結界が出ちゃった！　異世界のスキルってすごい）

「わあ、一発で出せたね。筋がいいよ！　じゃあ次は治癒、いってみよう！　ちょうど、廊下で転んで腕を擦りむいた部下がいるから連れてくるよ」

実験台の魔族の協力で、無事に治癒も成功。

解呪は、呪いにかかっている者がいないので後回しだ。

シリルのレクチャーを経て、私はすぐに結界、治癒を完全に使いこなせるようになった。

けれど練習を通して、治癒のスキルが自分に対しては使えないことがあきらかになった。料理中に火傷した部分を治そうとしたら、なにも起こらなかったのだ。

「ケガをしないよう気をつけなきゃね」

出会って間もないというのにシリルは私にとても懐いてくれていて、弟みたいでかわいい。

母親が他界しているせいか甘えん坊で、いつも私にぴったりと引っついてくる。

「そういえば、魔族って動物の姿になれるんですか？　犬……じゃなくて、狐の姿になっていましたよね」

「獣人系の魔族はね。モフィーニアには、獣人系の魔族がたくさん暮らしているんだ。ほかには魚人系の魔族や鳥人系の魔族、エルフやドワーフなんかもいるよ」

「そうですか……ちょっと想像がつきませんね」

私はモフモフした動物が大好きなので、獣人系の魔族が多いのはうれしい。

凶暴な魔獣はノーサンキューだけれど、シリルの銀狐姿はとてもかわいくて癒やされた。

（フカフカした毛に顔をうずめたい）

でも、いい大人なので言えない。

「エマは動物が好きなの？」

「別に、普通です」

「へぇ。隠さなくていいのに」

少年らしからぬ艶めいた表情で微笑んだシリルは、目の前でモフンと銀狐の姿に変化した。

（ああ、かわいい！　なんて強烈な誘惑なの！）

銀の毛に赤い瞳の美しい獣が、尻尾を立てて私にもたれかかってくる。

欲望にはあらがえず、無意識のうちに、私の手は彼のやわらかな毛並みをさわさわとなでていた。

「モフィーニアの上位魔族は、滅多に獣姿にならないんだけど……エマが喜ぶなら、僕がときどき狐になってあげるね」

銀狐姿のままシリルが答える。

魔族には上級、中級、下級という階級があり、誰でも生まれたときは下級魔族だ。

下級魔族は獣の姿をしており、各自修行を積んで中級や上級へ進化していく。

なので獣の姿は未熟の証とされ、上級や中級の魔族はヒト形でいることが多い。

「……いいんですか？　獣姿に変身して」

「うん。僕にはこだわりがないから」

優しい子だから、私が寂しくないよう気を使ってくれたのかもしれない。

なんにせよ、かわいい狐をモフれるのはうれしかった。

「ありがとうございます」

「気になることがあれば、なんでも言ってね」

そう言われた私は、部屋の中を見回して彼に質問する。

「シリル。この部屋って、キッチンがついているんですね」

「うん。ほとんど使っていないけれど、一応機能すると思うよ。城の料理人に頼んで食事を運んでもらう方が早いけど」

「キッチン設備の使い方を知りたいのですが、誰か詳しい方を紹介していただけますか？」

「僕が教えるよ。簡単だから見ていて」

王族なのにシリルはキッチンが使えるみたいで、すべての機能を教えてくれた。

操作方法は異なるものの、水道やコンロやオーブンなどは日本のものと変わらないみたいだ。

竈で火をおこす必要もなく、魔石《ませき》というアイテムの力で家電のように動く。冷蔵庫に冷凍庫まであるのには驚いた。

「ありがとう、シリル様……じゃなくて、シリル。私でも使えそうです」

「エマは料理ができるの？」

「趣味なんです。前にいた世界では、店で調理を担当していましたから」

「そうなんだ！　エマの料理、食べてみたいなあ」

キラキラと赤い目を輝かせながら、いつの間にか獣姿になったシリルが言った。

上級や中級の魔族ともなると、自らの意志で自在に獣形になったりヒト形になったりできる。

けれどいくら上級魔族でも、興奮した場合には耳や尻尾が出てしまうらしい。

上目遣いのモフモフに、私はあっけなく陥落する。

「いいですよ。でも、材料がないですよね」

「食料庫の食材を分けてもらおう！　料理長に確認しなきゃいけないけど」

強引なシリルに連れられて、私は料理長のいる調理場へ向かった。

料理長らは、王族や城内のお偉いさん方の食事を担当しているのだとか。

会いにいくと、彼らは気前よく食材を分けてくれた。いい人たちだ。

けれどやはり階段の上り下りが大変で、またしても食材ごとシリルに運ばれるはめになった。

（……近いうちに、絶対に克服してみせる）

「朝食は食べたので、お菓子を作りますね。食料が異世界とほぼ共通だったので助かりました」

微妙な違いはあるかもしれないが、まずはシンプルなお菓子から。

クッキーやケーキはこの国にもあるらしいので、今回は少し変わり種を作るつもりだ。

「生キャラメルを作りますね」

「えっ？　キャラメル？　生って？」

普通のキャラメルはモフィーニアにもあるらしいけれど、生キャラメルはない。

未知の食べ物に、シリルは興味津々だ。

「まあ、見ていてください」

材料は、牛乳、砂糖、蜂蜜、バターだ。

作り方は簡単。すべての材料をお鍋に入れて混ぜ、ドロドロになったものを冷蔵庫で固めればオーケー。生クリームを使うレシピもあるけれど、今回は材料が限られているので簡略版だ。

「冷やすのに少し時間がかかるのですが」

「じゃあ一緒に待っているね」

しばらくして、とろりと輝く生キャラメルが完成する。

待っている間シリルと一緒に琥珀糖も作ってみた。こちらも材料は水と寒天と砂糖だけ。全部を鍋で煮て冷まし、食べやすい大きさに切って乾かせば完成。

琥珀糖は冷やして固めた後に乾燥させなければならないため、まだ出せない。

「よし、生キャラメルは完成！」

包み紙がないので、お皿に並べてピックを用意した。

「わあ、なにこれ。すごいねえ」

「私のいた世界のお菓子です。シンプルな材料でできるものだけですが……」

さっそく生キャラメルを口に突っ込んだシリルは数秒固まる。

「んんっ、おいしい！　口の中で溶ける！」

本当に気に入ってくれたようだ。

「父上に持っていってもいい？」

「もちろんです。でも、この国にないお菓子を渡して大丈夫でしょうか」

「大丈夫！　威厳のある渋い魔王に見えて甘いものが好きなんだよ。あとこれ、今日のお礼にモフィーニアのキャラメルとクッキーをあげる。調理場で熱心に料理人たちを見ていたから、こっちの食べ物に興味があるのかなと思って」

「ありがとう！　うれしいです！」

デザート作りをしていた料理人たちの作業を見ていた私に、気づいてくれたみたいだ。

彼が退室してから、さっそくもらった菓子の試食をする。異世界のお菓子を食べるのが楽しみすぎて、ニヤニヤ笑いが止まらない。

「ふふっ、うふふ。いただきます」

しかし。

「なにこれ……固っ」

食べたキャラメルは石のようにガッチガチ、クッキーはガリガリのパッサパサだった。この国のお菓子の水準は、最低だ。

「うーん、これは自分で作った方が好みだな」

それから数日、徐々に材料が充実し始め、シリルとともにお菓子を作っていたら、魔王フレディオまで私の部屋を訪れるようになった。

「ほう、これがシリルとともに作ったという琥珀糖か」

「そうだよ。エマと作ったお菓子。父上も食べてみてよ」

「魔王様はお仕事を抜け出してきちゃっていいんですか？」

「今は休憩時間だから問題ない。それから、何度も言うが〝魔王様〟ではなく〝フレディオ〟だ。〝様〟もいらん。君は私の部下ではなく客人なのだから」

「……わかりました。フレディオさん」

「フレディオ」

何度か訂正され、結局私は魔王をフレディオと呼び捨てするはめになった。

そうなると必然的に、彼の部下も全員呼び捨てにしなければならない。

（小心者の私にはハードルが高いんですけど）

お茶の時間は穏やかに過ぎていく。

「エマ、こちらで困ったことはないか？　希望があれば遠慮なく私かシリルに言えばいい」

魔王は優しい視線を向けてくるし、シリルも父親の言葉にうなずいている。

至れり尽くせりの今の状況に、不満なんてあるはずもない。しかし、強いて言えば……。

「あの、私、仕事をしたいんです」

「客人が仕事などしなくてもいい。のんびり過ごしてくれ」

「いえ。正直、お菓子作りの時間以外暇というか、なんというか……」

「なるほど、そういう意味か。聖女に任せる仕事となると難しいな。なにかやりたい仕事はあるのか？」

「料理に関する仕事がしたいです。ここの料理人たちは、王族や地位の高い人専用に雇われているのだと聞きました。ほかの人は外に出て店で食べていると。なので、空き部屋を借りて、誰でも立ち寄れる食堂を開きたいなと思って」

キッチンつきの空き部屋はたくさんあると、シリルに確認済みだ。

城内に食堂があれば、忙しい人でも手軽に食事を食べられると思う。

ついでに持ち運びのできる弁当や菓子類も検討したい。

「いい案だな。城の上階は料理人のテリトリーだから、店を開くなら下階になるが大丈夫か？主に移動とか……いつもシリルに運ばれているだろう？」

「うっ……」

「というのは冗談だ。〝転移陣〟を手配しよう」

転移陣とは転移用に描かれる模様で、上に乗ると指定された場所へワープできるものらしい。

「そんなものがあるんですか？」

「ああ、城には所々に転移陣の描かれた転移スポットがあるのだが、言い忘れていたか？」

「ええ、聞いていません」

（もっと早く教えてほしかったな！）

今まで移動は途中からシリルに運んでもらっていたので、めちゃくちゃ恥ずかしかったのだ。

（あれ、今シリルが小さく舌打ちしたように見えたけれど……気のせいだよね）

「そうと決まれば、準備は早い方がいいよね。エマ、僕も手伝うよ！」

魔王親子の手助けもあり、私の食堂経営があっという間に決まった。

稼いだお金は一部をモフィーニア国に家賃として払って、残りは私の手取りとなる。なんとも良心的だ。

転移陣の手配は、フレディオの側近であるアルフィという魔族がしてくれた。

鑑定したら、彼は転移系の魔法が得意のようだ。兎獣人の魔族らしい。

（見てみたいけれど、上位魔族は獣姿にならないらしいし、お願いするのは失礼だよね？）

こうして、あれよあれよという間に食堂が開店。

店の名前はそのまま『聖女食堂』だ。魔族はわかりやすい表現を好むらしく、ひねりのないものになった。

広さは、ひとりで回せるように小さめだ。淡いミントグリーンの壁に、白いペンキを塗った木のカウンター席が八つほど。

食堂というよりカフェのようで、こぢんまりとした居心地のよさそうな内装だ。

しかし、開店初日から店が繁盛しているわけではない。

現に今もお店にはお客さんがひとりもいなかった。

でも店は魔王城一階の入口付近にあって人の出入りも多い。

（もしかして、私が聖女だから警戒されている？）

邪険にはされないけれど、怖がられているみたいだ。

魔族は皆、目が赤いので、黒い目の私はどうしても悪目立ちする。

あれこれ考えた末、とりあえず料理を作ろうと決めた。

「こういうときは、おいしそうな匂いで勝負しましょう」

すでに下処理を終えた食材を順番に調理していく。

本日のメインメニューは、トマトパスタとペペロンチーノ。

パスタが共通の食材だったのと、材料がそろえやすかったからという理由だ。

唐揚げやサラダを添え、テイクアウトできるようにふわふわの焼きたてパンも置いた。

魔王城の上階では地位の高い魔族のための高級料理が提供されている。

上階の料理と区別するため、メニューは庶民向けにした。しばらくは様子を見ながら、魔族に人気の料理を中心に出していく予定だ。

食に関してはレベルが低いのか、シリルにいろいろ試食をしてもらったけれど、なにを食べても『おいしい』しか言わないのでいまいち参考にならない。

しばらくして匂いの効果があったのか、魔王城の入口を守る衛兵のひとりが様子を見にきた。

ちょうど休憩時間のようだ。

「お疲れさまです。昼食はいかがですか？」

ソワソワしていた彼は迷った末、恐る恐る店に入り、トマトパスタを注文した。

「ありがとうございます！」

（よし、初のお客だ）

私は手早く料理し、映えるランチプレート風にしてカウンターに出す。

この料理はモフィーニアでは一般的ではないのか、衛兵は不安そうに料理を見つめている。

パスタ自体はよく食べると聞いたのだけれど。

ややあって、恐る恐るひと口食べた彼は、急にものすごい勢いでパスタを口へ運び始めた。

「う、うまい……！　しっかり味のついたソースに、ちょうどいい茹で具合のパスタ！　そしてさっぱりしたトマトと、とろりとしたチーズが絶妙に混じり合う風味がたまらん！」

（食レポみたい）

仲間への土産にと、店先で売っていたパンまで購入してくれた彼は、うれしそうに持ち場へ戻っていった。

その日から聖女食堂は、主に衛兵の皆さんで賑わい始める。ほどほどの混雑具合がちょうどいい。

私の様子を気にかけてくれているようで、シリルもよく姿を現した。

フレディオもたまに現れ、「料理はもちろんうまいが、会計の計算が恐ろしく速いな」などと褒めてくれる。

（……そこなんだ？）

たしかに、子どもの頃にそろばんを習っていたので計算は得意かもしれない。

（モフィーニアの硬貨の数え方が、十万、一万、千、百、十でわかりやすいんだよね）

日本と似ていて助かった。

フレディオから仕事の書類チェックを頼まれたりもして、バイト代がもらえるので喜んでやった。

食堂を開店して少し経った頃、とある事件が起こった。

店の中に突如、小さなモフモフの動物たちがたくさん現れたのだ。

犬や猫や兎など種類はさまざまで、頼んだわけでもないのに、勝手にお客の案内をし、注文や会計が必要な際は呼びにくる。

四本足で動物のような動きをする者や、器用に二足歩行で歩く者もいた。

「この子たちはいったいなんなの……？」

戸惑っていると、偶然食堂を訪れたシリルが教えてくれた。

「ヒト形を取れない下級魔族たちだよ」

下級魔族というのは、全体的にスキルが低く、人に擬態できるほど魔力を持たない。力を蓄えて中級、上級と進化していく者もいれば、一生を下級のまま過ごす者もいる。

「この子たちも魔族？　勝手に働き始めている子もいますけど、これは大丈夫なのでしょうか？」

「かまわないよ。下級魔族は上級魔族のような働き方はしないけれど、好奇心旺盛でおもしろい物好きだから、食堂に興味を持ったんじゃないかな。ご褒美に食べ物でもあげれば喜ぶと思うよ」

「かわいい……」

「僕の方がモフモフだけどねっ！　なんといっても毛艶が違うよ」

「小さいのに一生懸命手伝ってくれて、お利口さんですね」

「僕の方が賢いし」

（なぜシリルは小さなモフモフに張り合うの……）

少し拗《す》ねている彼は、とてもかわいかった。


そんなふうに穏やかに月日が過ぎて、一年後――。

城にいる使用人や兵士、フレディオやシリルに話を聞き、私はかなり魔王城に慣れていった。

ただ、ひとつだけ不安に思うことがある。

モフィーニアがたびたび他国から攻め入られる件だ。

キーラン以外の人間の国もモフィーニアを狙っていて、ひどいときには異世界召喚で呼び出した人間を送り込んでくる。

異世界人は特殊なスキル持ちが多く、魔族側は苦戦していて、この状況は以前からずっと続いている。

この世界には、人間の住む場所と魔族の住む場所があり、それぞれにいくつもの国が乱立している。私の今いる大陸でもそれは同じだった。

モフィーニアは人間の国と魔族の国とのちょうど境目にあるため、これまで幾度となく人間の国から狙われている。モフィーニアさえ突破すれば、ほかの魔族の国にも到達できるのだ。

国の立地は変えられないし、フレディオたちには抵抗するしか選択肢がない。

今のところ毎回敵を追い返しているが、このところ襲撃が続いてフレディオは疲れていた。

「私に手伝えることはありませんか？　治癒や解呪、狭い範囲なら結界も張れます」

たまたま食堂を訪れた彼に、私は協力を提案してみる。

「しかし、君はこの国とは無関係だ。客人に頼るわけにはいかない」

「私はモフィーニアの人々に感謝しています。人間だけれど、ここの国民になりたい。城の部屋や店をお借りしている身で言えたことではありませんけど。でも、客人ではなく身内として役に立ちたいんです」

「エマ……」

フレディオは苦しげな顔になった。彼としては、少しでも戦力が欲しいだろう。

恩を売った私を利用できるのに、今の状況でもまったく頼ってくれない。

「私は異世界人の聖女です。使い道はありませんか？」

フレディオは難しい顔で考え込む。けれど、私は彼の説得を続けた。

そうして、渋々ながらもフレディオは最終的にうなずいてくれた。

「エマ。私の鑑定によると、君は小規模の結界を自由に操れる。それを、魔族一人ひとりの体に張りつけられるだろうか？」

「やってみます」

試しにフレディオの周囲に結界を出してみると、うまくいった。

「前線へ出る兵士に同じ結界を施してやってほしい。結界が盾の代わりになってくれるはずだ」

「任せてください」

結果、私の結界によって、魔族側の犠牲者は最小限に抑えられた。

ほかにはケガをした者の治癒も行っている。攻撃手段は持っていないけれど、後方支援なら役に立てた。

フレディオは大きなケガをよくしてくるので心配だ。

異世界人との戦いは厳しく、癒やしても癒やしても徐々に疲弊していく彼を、私は見守るしかできない。聖女の力は精神面には作用しないのだ。

それが、とてももどかしかった。

＊　＊　＊

「エマ。使えるスキルが成長し、数も増えているな」

私がフレディオに協力を申し出てしばらく経ったある日、執務中の彼が私を見てつぶやいた。

「え、私のですか？　最近見ていませんでした」

「自分のステータスはまめに確認した方がいいぞ。スキル自体が変わる事例もあるからな」

苦笑する彼に言われ、私は自分のステータスを再確認した。すると彼の言う通り、新しいスキルが増えている。

**エマ**
**職業：聖女・魔王の友人**
**スキル：結界（大）、治癒（大）、解呪（大）、鑑定（中）、光魔法（小）**
**耐性：魅了無効、支配無効、呪耐性（小）**
**備考：異世界人、料理が好き**

〝光魔法〟が使えるようになっている。

（どういう魔法なのか想像がつかないけれど）

もとの世界の漫画に出てくるような、レーザー光線みたいなものだろうか。

「あの、光魔法とはなんでしょう？」

「明るい光で目くらましをしたり、熱で簡単な攻撃をしたりといった魔法だな。スキルのレベルが上がると、幻影を見せたり、光線で相手を焼き尽くしたりできるはずだ」

やはりレーザー光線のような魔法も使えるみたいだ。

「練習したいならシリルに言うといい。君の相手なら喜んでするだろうから」

「そうですね、お願いしてみます」

シリルに懐かれている自覚はあった。

私もかわいくて、ついつい弟みたいな彼を甘やかしてしまう。

フレディオと話していると、側近のアルフィが青い顔で部屋に駆け込んできた。

「大変です！　キーラン国の間諜《かんちょう》から、あの国が〝クラス召喚〟に成功したとの連絡がきました！」

「クラス召喚だと⁉」

いつになくふたりが慌てている。意味のわからない私は、彼らに尋ねた。

「えっと、クラス召喚ってなんですか？　普通の召喚とは違うの？」

険しい表情を浮かべるフレディオは、私を見ながら重々しくうなずく。

「ああ、大量の人間を一度に呼び出す召喚方法だ。異世界人たちがこの集団召喚をクラス召喚と呼び始めたのが名前の由来と言われている。一度に召喚できる人数は二十人から四十人程度。個々の力は勇者や聖女より劣るが、それでも特殊なスキル持ちが大量にいる。こちらとしては厳しい」

異世界から人間を召喚する方法は二種類。

単体召喚では並はずれた戦闘力を所持する勇者、味方の強化や回復に特化した聖女を呼び出せる。集団召喚では力は劣るものの、さまざまなスキルを持つ多数の異世界人を一度に召喚できるそうだ。

私にもなんとなく状況がわかった。

おそらく、日本の学校で教室にいる生徒たちが、ひとクラス丸々召喚されるというような意味合いだろう。

ひとりでも厄介な異世界人が、大量に召喚されたら大変だ。

(私、考え方が完全に魔族側に染まっているわね)

でも、モフィーニアの人々が犠牲になるのは嫌なのだ。魔王城で会う人たちは話してみると皆親切だし、小さなモフモフもかわいい。

ここ数年でこの国の魔族は大きく数を減らしているという。

魔族の多くは下級魔族で、中級や上級魔族になるほど数が少なくなる。

度重なる争いで、とくに上級魔族の数が激減していた。

私が協力を始めてからは、聖女のスキルで治癒が可能になったが、駆けつけたときに亡くなっていた場合はどうにもならない。死者を蘇生するスキルは持っていないのだ。

不安に思っていると、アルフィが報告を続けた。

「また、キーランと同盟を結んだ別の人間の国が、勇者と聖女の同時召喚に成功した模様。国同士で協力し、モフィーニアに攻め込む姿勢を見せております」

フレディオの顔が一気に険しくなる。

「エマ、今の時点でどれくらいまでの大きさの結界なら張れる?」

「数個の街を囲む程度です。限界まで力を使えば十個ほど」

協力を始めた当初に比べればスキルの威力は上がっていた。それでも、魔族全員を救うには足りない。

「回復係のエマに死なれては困る。治癒のほかに後方で結界を張って、下級魔族たちを保護してやってほしい。シリルと協力して避難させてくれ」

「わかりました。フレディオは？」

「いつも通りだ。前線で勇者と聖女を倒す。おそらく今回も、私以外では異世界人の相手にならないだろう。シリルは……まだ子どもだ。今死なせるわけにはいかない」

「シリルに関しては同意見です。では、下級魔族の避難を済ませたら、私が援護に向かいます。光魔法が使えるようになりましたし、練習のおかげで結界を敵にぶつける攻撃方法も編み出しました」

「だから、回復係に死なれては困るのだ！　君は後方にいてくれ！」

フレディオは、あくまで私を前線に出したくないのだ。

納得がいかないけれど言い返す言葉もなく口を閉ざした。

私が戦いに慣れていないのは事実で、足を引っ張らないとは言いきれない。

それに、回復係がいなければ困るというフレディオの意見は正しい。私は渋々従った。

召喚された人間たちがモフィーニアに攻め入るのは時間の問題だ。

（今は、できることをするしかない！）

私は小さなモフモフたちを街に集めて結界で囲み、戦いにおもむく兵士たちの体に結界を張りつけ続けた。

結界は頑丈だけれど、異世界人によって破られることもある。彼らの中には結界を解除するスキルを持った者がまれにいるのだ。

被害を抑えるために魔族たちは毎回人間側を説得するものの、不思議なほど話を信じてもらえない。生け捕りにするのも難しい。

すでに、召喚された国の言い分を信じるよう洗脳されているのだ。嬉々として攻撃を仕掛けてくる者も多い。

そうこうしているうちに、あっという間に時は過ぎ、召喚された人間たちがモフィーニアにやって来た。

戦える上級魔族、中級魔族は率先して戦場に出ている。

私は城の救護室に詰め、魔法で転送されてくる、ケガをした兵士の手あてに奔走する。治しても治しても、ケガ人は減らなかった。

「異世界人のクラス召喚がこたえているようね」

シリルは離れた場所で、私の張った結界にいる下級魔族たちの護衛をしていた。

戦えない小さなモフモフは、全員結界の中に避難してもらっている。

動ける人数が少ないので、それぞれ自分にできる役目をこなすしかない。

同じ世界から来た人が殺されるのは嫌だ。

でも、親切な魔族が殺されるのも嫌だ。

理想を並べたところで、争いを止めるための力が私には圧倒的に足りない。

患者を治癒し終えた直後に、また新たなケガ人が転送されてくる。きりがない。

しかし、次に転送されてきた人物を見て部屋に一瞬の沈黙が落ちた。

「……魔王、陛下？」

ひとりがつぶやき、ざわめきが広がっていく。

「え？　フレディオ？」

私は思わず息をのんだ。

まさかと思って転移陣を見ると、ぐったりとして動かないフレディオを満身創痍のアルフィが抱えている。ふたりとも血まみれだ。

「フレディオ、フレディオ⁉」

移動しながら呼びかけると、フレディオは薄く目を開けてつぶやく。

「エマ、すまない……魔族たちを、シリルを頼む……息子は幼い、君がモフィーニアの魔王に……スキルを譲……」

「ちょっと、なにを言っているんですか。縁起でもない話をしないでください」

「……どうか……許……」

苦しげにつぶやいたのを最後に、彼は意識を失った。

「早く、こちらへお願いします。私が治癒しますので！」

集中して治癒の魔法をフレディオに施す。

しかし、傷が修復されてもフレディオは目を覚まさない。ほかのケガ人たちは元気に起き上がるのに。

救護室の中では、皆が固唾をのんで様子を見守っている。

「フレディオ？　フレディオ……？」

不安になった私は、ステータスで彼の様子を探った。呪いがかけられていれば、ステータスに表示されるのだ。

**フレディオ（死亡）**
**職業：元魔王**
**スキル：全属性魔法（大）、鑑定（大）、スキル譲渡（大）**
**耐性：魅了（大）、支配（大）、全状態異常（大）**
**備考：狐獣人魔族**

信じられない情報を見て、私は全身を硬直させた。

「……嘘でしょ？」

間の抜けた声を絞り出しながら、私はその場に膝をつく。

「なんで？　どうして⁉」

何度もスキルを使うけれど、フレディオの様子は変わらない。変わるはずがない。

わかっている。でも、認めたくない。

「お願いです、フレディオ、起きてください！　起きて！」

私の異変に気づいた周囲が再びざわめき始める。最悪の結末に思い至ったのだろう。

「エマさん……」

「フレディオ！　起きて！」

「駄目です、エマさん……陛下は、もう……」

ひたすらスキルを使い続ける私を止めたのは、アルフィだった。

「魔王陛下は……お亡くなりになったのです。あなたにスキルを譲渡して」

「……うっ！」

違うなんて言えない。私はステータスに表示された彼の死を目にしているのだ。

「申し訳ありません、エマさん。あのケガでは……私がついていながら……」

「アルフィ、あなたのせいではありません」

悔しげなアルフィのケガを癒やしつつ、私は唇を噛みしめる。

ここにいる誰もが同じ気持ちだろう。フレディオは皆に愛される魔王だった。

「……アルフィ、前線に異世界人はまだ残っているの？」

「ええ、クラス召喚された者たちは減りましたが、勇者と聖女は生きています。聖女の治癒や結界さえなければ、相手にダメージを与えられるのに」

「わかりました。では、私が行きます。なるべく早く戻りますから」

「エマさん⁉」

「フレディオは私に魔王位を譲りました。私が行かなきゃ」

近くの鏡に映った自分を見れば、片眼の色が魔族のように赤く変化していた。

**エマ**
**職業：聖女・魔王**
**スキル：※全属性魔法（大）、※鑑定（大）、※結界（特大）、治癒（大）、解呪（大）**
**耐性：魅了無効、支配無効、呪耐性（小）、魔王の加護（特大）**
**備考：異世界人、聖女食堂店主**
**※魔王の命と引き換えに指定された人物の能力が大幅アップしました。**

**※鑑定スキル上昇により、自分と他人のステータスの詳細が見られるようになりました。**
**※術者の命を使用し超巨大結界が使用可能となりました。結界は術者の死後も半永久的に残ります。**

ステータスの詳細には、使用できるスキルの効果が詳しく書かれている。

フレディオがなにかしたのだろう、ステータスも大幅に上昇していた。

「〝魔王の加護〟とあるけれどこれはよくわからないな」

それより結界のスキルが特大になっている。**〝術者の命を使用し〟**という箇所を何度も確認し、私は恐怖と緊張で思わず身震いした。それでもなんとか自分を奮い立たせる。

「アルフィ、私を前線へ連れていってください」

「……わかりました」

勇者と聖女はフレディオが抑えていたらしいが、彼が倒れたせいでどんどん状況は悪化している。

アルフィの転移魔法により、私は魔族と人間が争う戦場へ出た。

そこには目を覆う光景が広がっていた。圧倒的に……魔族側が負けている。

「エマさん。あれが勇者と聖女です」

彼が指さす場所に、大学生くらいの男女が立っていた。ふたりは半分目の赤い私を見て、訝《いぶか》しげに眉をひそめている。

「お前は何者だ！」

剣を掲げながら、勇者が叫ぶ。

「私はキーランに呼び出された聖女で、日本人です。あなた方を止めにきました」

私は彼らに向かって説得を試みた。これでとどまってくれる望みは薄いけれど。

「は？　異世界人がどうして魔族側にいるんだよ！　こいつらは倒すべき敵だろ？」

「……違います。あなた方は、召喚された国に騙されているんです」

「騙されているのはそっちだ。聖女のくせに、なんで魔族の味方なんてするんだ。人間の国に手厚く迎えられておきながら、彼らを裏切る気か？」

「手厚く？　そんな待遇は受けていません。縄でぐるぐる巻きにされ、魔獣のいる森に捨てられましたよ」

予想通り、説得は難しそうだ。

話していると、聖女の方がソワソワし始めた。

「ねえ、この人、キーラン国に呼び出された町人じゃないの？　ほら、私の前に聖女を召喚しようとしたけれど失敗して、町人をふたり呼び出しちゃったっていう……」

「ふたりとも処罰されたんだろ？　不敬な方は他国へ追放、聖女を騙った方は城下で奴隷に」

聖女を騙った町人とはスミレだろうか。結局、聖女だと嘘をついた件はばれたらしい。

「町人というのは嘘の情報です。私は聖女……そして、モフィーニアの新しい魔王ですから」

それを聞いた勇者と聖女がそろって気色ばんだ。

「冗談だろ！　なんで異世界人同士で争わなければならないんだ」

「……ですから、剣を収めて、国に帰ってくださいってば」

戸惑う勇者に聖女が駆け寄る。

「この人は敵よ！　私たちは選ばれた特別な存在なんだから、悪い魔族や裏切り者の異世界人はやっつけなきゃ！　大丈夫、あっちはひとりだけど、こっちはふたりいる……クラス召喚されたやつらは、ほぼやられちゃったけど」

私はすばやくふたりのステータスを確認した。フレディオのおかげか、表示内容が微妙に増えている。

（詳細も別で表示できるようだけれど、今はいいや）

**ユウ**
**職業：勇者（軽傷）**
**スキル：剣術（大）、体術（大）、火魔法（小）**
**耐性：火傷耐性（中）**
**備考：異世界人、サラが好き**

**サラ**
**職業：聖女（軽傷・火傷）**
**スキル：結界（中）、治癒（小）、解呪（小）、光魔法（小）、水魔法（小）**
**耐性：魅了耐性（小）**
**備考：異世界人、ハーレム願望あり**

同じ聖女でも、人によって能力に差があるようだ。

フレディオでさえふたりに敵わなかった。大口を叩いたけれど、勝てる見込みは薄い。

（光魔法も、このふたり相手ではどこまで有効か……絶望的だわ）

他属性魔法に至っては、もっと練習をしなければ満足に使いこなせない。

アルフィたちはクラス召喚された異世界人の対処をしており、手いっぱいの様子だ。

だからこのふたりは私が相手をしなければならない。

「やっぱり、確実な方法はひとつしかない……よね」

スキルが成長し、私でもモフィーニアを守れる方法がひとつだけ生まれた。

でもそれを行うには、私の命をかけなければならない。

（フレディオのおかげで生まれた可能性）

結界のスキルのレベルが特大になり、巨大な結界が張れるようになった。モフィーニア全体を包むのも可能かもしれない。

命がけの結界は、術者が死んでも半永久的に消えないという。

「仕方がない……かな」

フレディオに会わなければ森で失われていた命だし、彼や親切な魔族のために使うのも悪くない。

（こちらの世界に来てから、感覚が変になっているのかも）

私は天に向けて手をかざす。

結界を張る手順はいつも通り。ただ、範囲が桁違いに広く、頑丈さも今までの比ではないというだけ。

（せっかく魔王の位をもらったけれど……）

「シリル、ごめんなさい。あとはあなたに託します」

視界が白く染まり、体から力が抜けていった。同時に結界が広がり、人間たちをモフィーニアの外に押し出していく。

確かな手応えがあり、しばらくして結界が完成したのがわかった。

私の命と引き換えに——。

＊　＊　＊

気づけば、私はふわふわと闇の中を漂っていた。

（ここはどこだろう。私は死んだはずでは……？）

真っ暗だけれど自分の周りだけぼんやり明るい、不思議な空間だ。

「あれ……？」

わずかな明かりの中に見知った人物を見つけ、私は思わず大きな声をあげる。

「フレディオ？」

そこには、命を落としたはずの元魔王が立っていた。

静かに佇むフレディオは、落ち着いた声音で話しかけてくる。

「君が来るのを待っていた、話がしたかったんだ。この空間は私の加護によるものだから、不安に思う必要はない。時間が来れば消える」

「私は死んだのですよね？」

尋ねれば、フレディオは黙り込んだ。肯定……という意味みたいだ。

表情をゆがめた彼は、まるで許しを請うように私の前に膝をつく。

「エマ、すまない。私は君に残酷な役目を押しつけた。結界の可能性を見つけた君が命をかけるとわかっていたはずなのに。あの場で最も多くの魔族が助かる方法を考え、聖女であるエマにすべてを託してしまった。友人にこんなひどい仕打ちをするなんて、到底許されない」

自嘲し、思いつめる彼を前にして、私は微笑む。

「私がしたくてしたことですから、フレディオが気に病む必要はないですよ。あの場に、子どものシリルを行かせるわけにはいきませんし、モフィーニアで勇者と聖女に対処できるのは同じ異世界人である私だけでした」

それに彼がいなければ、私はもっと前に命を失っていた。

「……どうか、償いをさせてほしい。君に私の加護を与えた。魂を消滅させず、新たに生まれ変わらせるスキルを使ったのだ」

「もしかして、ステータスに〝魔王の加護〟とついていたのは？」

「死ぬ間際に私がエマに与えた加護だ。せめて、来世では幸せになってほしいと……身勝手極まりない理屈だな。君の命を奪ったというのに」

「そんなことありませんよ。その前に森で命を助けてもらっていますから。魔獣の餌にならずに済んだのは、フレディオのおかげです」

フレディオはこの世界で私に居場所をくれた。優しいモフィーニアの魔族を守れて、そして彼の役に立てたのなら本望だ。

「それより、魔王の加護について詳しく教えてください」

「魔王の加護は〝鑑定スキル（大）〟以上でしか見られない特殊スキルで、加護を与えた相手を転生させるというもの。ただし、エマの癒やしや解呪のスキルと同様で自分自身には使えない。転生先も選べないし、どのような状態で、どこに転生させるかも選べない」

魔王だけが持つスキルのようだ。

生前の記憶やスキルはそのまま引き継げるようだが、どういう状態で現れるかは不明だという。大昔に転生を果たした者はいるが、残っている記録が曖昧らしいのだ。

「フレディオは、転生できないのですよね？」

「普通は皆、転生なんてできない。ただ、私が特殊スキルを持っていただけで。友よ――私が言えた義理ではないが、次の人生は、普通の人間として幸せになってほしい」

「そんな、フレディオ」

「……ああ、時間切れだ。エマ、どうかよきセカンドライフを」

そして視界全部が闇に包まれ、私の意識はブツリと途切れた。

＊　＊　＊

シリルは持ち場を守りながら、魔王城を睨んでいた。

奮闘のかいあって、集められた小さな下級魔族たちは無事だ。ソワソワしながらも、皆元気そうにしている。

しかしなぜだろう、胸騒ぎが収まらない。

遠くで魔法を打ち合う音がしていたが、徐々にそれもやんでいった。戦いが落ち着いたらしく、シリルの持ち場に伝令役が駆けてくる。

伝令役は魔王である父に向けてするように、シリルの前に膝をついて深く頭を下げた。突然の彼の行動を前に、シリルは戸惑いを隠せない。

「新魔王様、ご即位おめでとうございます。前魔王様たちのおかげで、我々は今回の戦いを乗りきれました」

「……どういう意味？　なにを言っているの？」

頭を殴られたような衝撃に、思わず息をのむ。

シリルの質問に、伝令役は城で起こった正確な情報を次々と伝えていく。

魔族は大勢の異世界人の襲撃に苦戦し、魔王フレディオが倒れたこと、聖女エマが後を引き継いで暫定的に魔王となり、命がけでモフィーニアに結界を張って半永久的に人間を閉め出したことなどすべて。

「これでモフィーニアは、もう異世界人の脅威にさらされません。シリル陛下の治世では平和な国になるでしょう」

伝令役との会話が終わらないうちに、シリルは魔王城の救護室へ駆け出した。

「嘘だ、嘘だ……！　父上やエマが死んだなんて！」

大きな音を立てて、救護室の扉を開く。

だがすでに、フレディオやエマは息を引き取った後だった。

「嘘だ……」

彼らは物言わぬ亡骸として寝台に横たわっている。ふたりの顔はまるで、眠っているかのように穏やかだ。

シリルは、世界からすべての音が消えた気がした。

「なんで、どうして……父上、エマまで」

父が倒れたなら、自分が魔王として勇者や聖女に立ち向かうべきだった。

シリルが先頭に立つべきだったのに、王族とは無関係で、たまたまモフィーニアに滞在していた異世界人のエマが犠牲になるなんて。

大好きだった相手、将来の伴侶に望んでいた大切な女性を……シリルは知らぬ間に自分の身代わりにした。その衝撃はシリルの心を激しく苛む。

「エマ、エマッ！」

冷たくなったエマの亡骸に、シリルはすがりついた。

「全部、僕が無力なせいだ……」

にじんだ視界の先に、なんとか戦いを生き延びたアルフィが立っている。彼の顔もまた苦しげにゆがんでいた。

「新魔王、シリル様。戦いは終わりました。どうか、フレディオ様とエマさんの弔いを」

その場に留まり嘆くのを許さない、残酷な言葉。だが、今は必要な措置だ。

混乱で息が乱れるけれど、シリルは新魔王。

犠牲になったふたりの行動を無駄にはできないし、立て続けに魔王を失い不安な気持ちでいるモフィーニアの魔族の前で、情けない姿はさらせない。さらしてはいけないのだ。

「……わかってるよ、アルフィ。生き残った上級魔族には、城へ集まるよう指示を出して。きちんと進むべき道は見えているから。でも、あと少しだけひとりにさせて」

「かしこまりました」

気を使ったアルフィがほかの魔族を連れて退出し、部屋の中にはフレディオとエマ、シリルだけが残された。

「ごめん、エマ。君を愛していたのに……本当は守りたかったのに……」

そっと手を伸ばし、二度と笑いかけてくれない彼女の頬に触れる。

エマ彼女を失った今、自分にできるのは立派な魔王になることだけだ。彼女が命をかけて守ったモフィーニアまで失うわけにはいかない。

「僕がやらなきゃ……」

シリルはふたりの亡骸を前に、モフィーニアの復興と発展を誓った。

その後、エマの結界によりモフィーニアから閉め出された異世界人たちは、何度も結界の破壊を試みた。

しかし、国の全土に張られた透明な壁を、誰も壊せなかった。

そのうち、キーランをはじめとした人間の国に疫病が流行り、ただひとり人々を癒やせる異世界人の聖女が感染して亡くなったという噂が広がる。

その後、勇者たちも立て続けに倒れ、モフィーニアに戦いを仕掛けてきた王族たちも亡くなった。

魔族の国への侵攻は見合わせられ、モフィーニアはこの後しばらく平和な時代を迎える。

# 二　転生聖女、再会を果たす

ああ、また憂鬱な一日が始まる。

私、エマ・ゴールトンは簡素な屋根裏部屋で目を覚ました。

ほかの住人はまだ眠っているが、私は起きなければならない。家事があるからだ。

雑に梳《と》かした黒髪を結い上げ、頭上でひとつに結ぶ。

薄汚れた仕事着を身につけ、部屋に置かれた掃除用具を手に取った。

高位貴族令嬢にしては凡庸な目鼻立ちと、栄養が行き渡らず痩せて背の低い貧相な体。

「はは……。どう見ても貴族令嬢の見た目じゃないわ」

私は、キーランという廃れた小国の由緒ある貴族の家に生まれた。

ゴールトン侯爵家は、異世界人の血を引く家のひとつで、血を絶やさぬよう結婚相手も制限されている特別な貴族。

十六歳になる長女の私にも、生まれる前から決められていた婚約者がいた。

まったく気に入らない相手だけれど。

その昔、この国には召喚術という不思議なスキルを持つ魔術師がいて、異世界からたびたび異世界人を呼んでいた。家にある歴史書に、当時の記載が残っている。

だが、冷酷無慈悲な魔王の暴挙により召喚術の資料はすべて燃やされ、それらを扱う魔術師はいなくなったらしい。

以来、この国では新たな異世界人を呼べなくなり、彼らのスキルをわずかに受け継ぐ子孫たちが称えられ、貴族の仲間入りをした。

とはいえスキルの威力は弱体化の一途をたどっており、そのうち消えると予想されている。

（まあ、私には関係ないな。……働かなきゃ）

貴族の娘なのにどうして家事をしなければならないかというと、単にこの家で私が忌み嫌われているからだ。嫌がらせの一環として、家事を押しつけられている。

呪われた魔族の目を持つ娘。

周りの人間は皆、私の存在を気味悪がって遠巻きにしていた。生まれながらに、私の片眼が魔族のように赤いからだ。

普段の両目は赤茶色だけれど、感情が高ぶると片眼だけが赤く変色してしまう。

どうしてそうなったのかはわからないが、成長しても瞳の色は変わらなかった。

私が生まれた当時、我が子を見た母親は泣き叫び、父親も私を殺そうとしたらしい。

しかし、貴重な異世界人の血を引く娘を勝手に殺す行為は法律で許されないので、周りが必死に止めたようだ。とりあえず私は生かされている。

だが、両親に我が子として接してもらえず、物心ついたときから使用人のような扱いを受けていた。

同時に生まれた双子の妹は、蝶よ花よと大事にされているのに。

壊れかけの鏡に映る自分の赤い瞳を見ていると、なにか大事な記憶を忘れている気がするのだけれど……どうしても思い出せない。

子どもの頃からずっと、そういう状態だった。

（なにかとても温かなものがあった気がするのに、思い出さなきゃいけないのに……）

なにも思い出せないまま、焦燥感だけが募っていく。

「さて、そろそろ行かないと。また文句を言われるわね」

掃除、洗濯、料理。エマの仕事は山ほどある。

ほかの使用人もいるが、エマが中心となりすべての雑用をするよう言いつけられているのだ。

それもこれも、妹が『そんなもの、全部エマにやらせればいいのよ。私たちに迷惑をかけ続けているのだから』などと言いだしたからである。

家族の私に対する扱いを見たほかの使用人たちも、ずっと私を邪険にしている。

皆、私の赤い目が怖いのだ。

私自身も自分が不気味なのはわかっていた。

ステータスが、そもそもおかしいのだから。

**エマ**
**職業：＊＊＊**
**スキル：＊＊＊＊**

**耐性：＊＊＊**
**備考：貴族令嬢**

私のステータスは、ほとんどが表示されない。これはキーラン国民の中では特殊な例で、〝貴族として恥ずかしい汚点〟に分類される。

だから目が赤いのも相まって邪険にされても仕方がないと割りきり、つらいけれど耐えるしか生きていく道がないのだ。

階下に下りて掃除と洗濯を済ませ、屋敷のダイニングで朝食の準備をする。

なぜか昔から料理が得意だった。とくに習った覚えはないのに、手が勝手に動く。

そうこうしているうちに家族が起きてきた。

「あら、嫌だわ。朝から汚い魔族もどきの顔を見るなんて。今日はついていないわね」

私を見た母は不快そうに顔をしかめ、開口一番に聞こえよがしな嫌みを言う。

「ちょっと、エマ！　私のドレスの裾直しが終わっていないじゃない！　昨晩、頼んだわよね？」

母に続いて私に罵声を浴びせるのは妹のリマだ。大事に育てられた双子の妹はワガママで、私に無茶な要求ばかりする。

「だって、それは次の舞踏会までいいって言っていたから……」

「言い訳するんじゃないわよ、この役立たず！　本当に使えないわね。ああ、そうそう、今日の午後に殿下が来るから、あんたも準備をしておきなさいよ。私に恥をかかせたら承知しないから！」

儚げな美しさとは裏腹に、リマの行動は私へのどす黒い悪意に満ちていた。

「薄汚い使用人風情が、朝食の席に姿を見せるな。さっさと出ていけ！」

最後に父が大きな手で私の頬を打ち、厳しい声音で叫ぶ。

ついでにテーブルにあった皿を掴んでぶつけてきた。

皿は私の額に直撃し、そこから生温かいものが流れて服を汚す。せっかく作った食事も床に散らばってしまった。

(早く片づけなければ……)

ふらつきながら部屋を出ると、磨かれた窓に血まみれの自分の顔が映っていた。

逃げるように廊下を後にすると、うしろからなにごともなかったかのような家族の会話が聞こえてくる。ぐっと涙をこらえ、掃除道具を取りに向かった。

逃げ出したいけれど、貴族に生まれた義務を放り出すわけにはいかない。

それに家を出たって、どんどん貧しくなっていくこの国で、身元不詳の女性が働ける職場なんて娼婦くらいしかない。

なんとか任せられた仕事を済ませると、午後になっていた。

「いけない。殿下が来られるのだった。急がなきゃ……！」

殿下というのは、この国の第二王子フィリペだ。

彼は生まれたときに決められた私の婚約者で、それをずっと嫌がっている。

（気持ちはわかるけれどね、私も同じだから）

妹のリマはそんな彼にご執心で、フィリペが来ると、私のいる前でやたらと彼にベタベタ接するのだ。フィリペもまんざらではないようで、リマをとてもかわいがっていた。

そのうち、私との婚約は解消され、妹が彼と結ばれるのではないかと思う。

ただでさえ肩身の狭い私に、新たに〝婚約破棄された女〟という肩書きが増えるのだ。

（今さら不名誉な称号がひとつ増えたところで気にしないけど）

慌てて、持っている中で一番いい衣服に着替え、血で汚れた顔や手足を拭いた。

私の服は、リマがいらなくなったお下がりばかりだけれど、汚れの落ちない使用人のお仕着せよりマシなので我慢する。

応接室に向かうと、部屋の中にはすでにリマとフィリペがいた。ふたりは仲睦まじく並んで座っているので、私は彼らの向かいに立つ。

挨拶したら、フィリペが厳しい表情で私を見た。

「遅い！　それに、よくもノコノコと顔を出せたものだな。この、ふしだらな浮気女め！」

「……は？」

（開口一番になにを言いだすの？）

「誰かと間違っておられませんか？　まったく身に覚えがないのですが」

そもそも、私は朝から晩まで屋敷の中を駆けずり回っているので、恋愛にうつつを抜かす暇などない。外出すらろくにできないのだから。

フィリペの隣でニヤニヤ笑っているリマだって、それはわかっているはずだ。

しかし彼女はなにも告げず、フィリペは怒り続けている。

「とぼけるな！　裏付けは取れているんだ！」

「裏付け？　と言われましても……私、なにもしていませんし」

「お前は不貞を働いていた上に、それを諫めた妹のリマに暴行を加えただろう」

「ええっ？」

（まさか、裏付けって、リマの証言だけなの？）

「そして、あろうことか永遠の敵国である魔族の国、モフィーニアと通じて俺の茶に毒を盛った。これを見ろ！」

フィリペは自分の前に用意されていた紅茶をカップに注ぐ。カップはいつも使用している陶器製のものではなく、この日に限って銀製のものだった。

（こんなカップ、うちにあったっけ？）

紅茶が注がれると、銀食器の色が黒く変色する。

「ほら！　これが証拠だ！」

勝ち誇ったように、フィリペがドヤ顔でカップを指さした。

「いや、証拠と言われても……その紅茶を用意したのは私じゃありませんし」

証拠として提示するには、内容がお粗末すぎるのではなかろうか。

（私が紅茶を淹れた瞬間を見た目撃者もいない上に、この日に限って銀食器が使われているのも変。紅茶を運んできたのは別の使用人だから、その人が毒を仕込んだ可能性もあるのでは？）

それに、人間は魔族の国への行き来ができない。

キーラン国と魔族の国との間には、決して破れない巨大な結界が張られているのだ。魔族の国々へ行こうと思ったらまず、この結界を突破しなければならない。

（屋敷から出ない私が魔族に接触するのは不可能なんだけど）

しかし、妹のリマがなぜかフィリペに便乗してトンデモ理論を繰り出してきた。

「そうよ！　これはエマの仕業なのよ！　魔族に浮気をし、言いなりになって、このような罪を犯したのだわ！　私、止めたのに。エマに『余計なことをするな』と頬を打たれ、みぞおちを蹴られて……とっても痛かったの！」

「……した覚えはありませんけど」

（むしろ、いつもされている側なんですけど？）

「嘘を言わないで！　ひどい、エマったら。私を悪者にする気なのね」

リマは甘えるようにフィリペにしなだれかかった。

彼女の大きな胸が王子の腕に押しつけられているのを見て、会うたびにふたりの親密度が増しているのだなと他人事のように考える。

「大丈夫だリマ。この女は俺が処罰するから。それに、言い逃れのできない確固とした証拠だってある」

自信満々な彼の様子に、私は首をかしげた。

するとフィリペはスッと腕を上げて、勢いよく私の顔を指さす。

「最大の証拠は、お前のその外見だ！」

「はぁ？」

思わず素っ頓狂な声が出た。

（証拠が外見って、どんな屁理屈なの？）

「お前のその呪われた赤い目。容姿は偽れないだろう」

堂々と無茶を言われても困る。これは、第三者に知らせるべきだろうか。

悩んでいると、見計らったかのようなタイミングで両親が部屋に顔を出し、凍てついた視線で私を睨みすえた。

「エマ。まさかお前が、ここまでのことをしでかすとは！　殿下、申し訳ありません」

父親の言葉を受けた私は、誤解されてはならないと慌てて真実を告げた。

「ちょっと待ってください。違うんです、私はなにも……」

「黙れ、エマ！　この期に及んで言い訳をする気か！　この恩知らずが！」

本日二度目のビンタで、私は壁際へ吹っ飛ばされる。打ちつけた背中が痛い。

それを見た母は、父や妹を止めるどころか、自分も一緒になって口を挟み始めた。

「そうよ、エマ！　まあ、これであなたがいなくなって、私としては清々するけど。殿下に毒を盛ったのだから、相応の覚悟はできているでしょうね？　こんなのでも異世界人の血を引いた貴族だから、勝手に処分できなくて困っていたのよねえ」

冷たい視線が突き刺さり、私はこの場に味方はいないのだと悟った。

いや、どこかでわかっていたけれど、ずっと認めたくなかったのだ。

どれだけ嫌われていても、家族だから最後は見放されないだろうという甘い考えがあった。

王子を害したとなると、相応の罪に問われる。下手をすれば死刑だ。

(娘にえん罪がかけられようとしているのに……この人たちは、どうしてこんなに平然としていられるの?)

反論する間もなく責められ続けていると、フィリペが高らかに宣言した。

「今日をもって、俺はこの呪われた女との婚約を破棄する！　そして、リマを新しい婚約者とする！」

場違いな婚約破棄宣言、そして新たな婚約宣言に異を唱える者はいない。

それどころか、全員がフィリペとリマを祝うような空気だ。

「まあ、うれしい！　フィリペ様、ありがとうございます！」

妹と両親は、にこにこして喜んでいる。

（なに、この流れ……気味が悪い）

王子が毒殺されかけたというのに、どうして皆はここまで平然としているのか。

城からついてきた王子の部下や護衛の兵士たちもまったく慌てていない。混乱しているのは私だけだ。

「どうなっているの？」

注意深く全員の表情を見て、私はようやく今の状況を理解した。

（ああ、これは茶番劇だったんだ）

私を追い出し、妹を王子の婚約者にするための三文芝居で全員がグル。

バカみたいになにも知らないのは、最初から私だけだった。その事実に乾いた笑いが漏れる。

王子の毒殺未遂、婚約破棄と新たな婚約、私の断罪。

それらはここにいる全員の利害が一致し、彼らによって仕組まれていて……なんの力も持たない私には到底覆せない出来事だった。

企みの成功を確信したフィリペは、にやりと笑って、壁際でうずくまる私の腕を乱暴に掴む。

「おい、こいつは大罪人だ！　反逆罪を犯した者は、処刑されなければならない！　この犯罪者を牢屋へ連れていけ！」

彼の声を合図に、兵士が私を取り囲んで拘束する。

床に膝をつかされ強引にうしろ手に縛られた私を見て、リマが愉悦に満ちた笑みを浮かべた。

「あはははは、いい気味！　これでやっと邪魔者が消えたわ。私と殿下の想いが成就するのね！　ずっと目障りだったのよ！」

妹に続いて、両親も歓喜の声をあげる。

「よくやったぞ、リマ！　これで我が家も安泰だ！　醜聞の種であるエマもいなくなるしな！」

あまりの出来事に頭が真っ白になった。もう、なにがなんだかわからない。

けれど、どうあっても私に対抗策はない。

なんの力も持たないただの十六歳の娘が、兵士を振りきって逃げるなど不可能だ。

こうして私は、意見をいっさい聞き入れてもらえないまま、光の差さない城の地下牢へ強制連行されたのだった。そして――。

一カ月後、大罪人エマ・ゴールトンの処刑が決行された。奇しくも、この日は私の十七歳の誕生日だ。

天気は私を皮肉るような快晴で、毒々しいほどに真っ青な空が続いている。

役人に読み上げられる罪状は、なぜか三倍に増えていた。キーランにはうしろ暗いことをする貴族がたくさんいるから、ほかの者の罪も一緒にかぶせられたのだろう。

背後には斧を構えた屈強な処刑人がふたり、対となって綺麗に並んでおり、前には処刑を見ようと集まった物好きな観衆が大勢いた。

国民の総意は〝異世界人の血を引く者は全員殺さない〟となっている。

少なくとも、あの屋敷で私はこの年齢になるまで生かされていた。

けれど、王子に毒を盛った者を罰しないわけにはいかない。異世界人うんぬんより処罰の方が優先される。

フィリペたちはそれを承知で私の罪をでっち上げたのだ。

嘘の罪だとしても、ここまで広まったものは収拾できない。えん罪だと知れ渡れば、王家の醜聞となる。だからこそ処刑を行い、私の口を封じてすべてを解決しようとしているのだ。

拘束された私は、恨めしげに王族たちが座る席を睨む。

(家族にも婚約者にも、私は殺したいほど憎まれ、恨まれていたのね)

処刑をやめてくれと訴えてくれる人物は、ひとりもいなかった。

それどころか『やっぱり呪われた目の持ち主だ』などと、私が消えるのを望む声ばかり。つらいし悔しいしやるせない。私がいったいなにをしたというのか。

行き場のない苦々しい気持ちを抱え、私は自分を切り捨てた者たちと己自身の半生を呪った。

（私の人生は、なんだったんだろう。本当にバカみたい）

いよいよ処刑の時刻になり、処刑人の男たちが合図に合わせて斧を振り上げる。

悲嘆に暮れて、あきらめていたけれど……。

『本当に、それでいいのか？　私はそれを望まない』

不意に、頭の中に知らない男性の声が響いた。誰だかわからないけれど、ひどく懐かしい思いにとらわれる。

「だって、今さらどうにもならないでしょう？　拘束されて死ぬ寸前に、いったいなにができるというんですか」

半ば投げやりに答える声とは裏腹に、私の心は叫んだ。やっぱり死にたくない。

「嫌だ！　このままおとなしく殺されたくない！　こんなバカな理由で、仕組まれたえん罪で！」

最後の抵抗とばかりに暴れた瞬間、突然周囲の時間が止まり、世界が真っ黒に染まった。そして、自分のステータスが強制的に開く。

わかっている。どうせ、スキルの大半は見られない。

今までだってそうだった。

けれど――。

**エマ**
**職業：聖女**
**スキル：結界（特大）、治癒（大）、解呪（大）、鑑定（大）、全属性魔法（大）**
**耐性：魅了無効、支配無効、呪耐性（小）、前々魔王の加護（特大）**
**備考：転生した異世界人、元貴族令嬢**

私のステータスが、なぜか鮮明に表示された。

(信じられない。今まで読めなかった部分に、文字が表れているなんて！)

『次の人生は、普通の人間として幸せになってほしい』

懐かしいような、泣きたくなるような気持ちになる声が、また聞こえてくる。

続いて、私の頭の中に膨大な記憶が投影された。

知らない世界——日本で働いていた記憶。召喚され、追放され、モフィーニアで保護され、食堂を開き、国を守るために命がけで結界を張った記憶。

とても温かな思い出が次々にあふれて、徐々に思考が鮮明になっていく。

「そうだ、私は……」

私の前世は二十三歳の居酒屋店員、そして異世界から召喚された聖女のエマ——。

魔族の国で暮らし、異世界人との戦いで結界を張り、命を落とした。

大切な友人だった魔王フレディオの加護で、こうして現代に転生したのだ。

どうして忘れていたのだろう、あんなにも優しい大切な記憶だったのに。

「……行こう」

思い出したからには、このままでいるわけにはいかない。

「逃げなきゃ」

この状況から。そして、救いのないキーラン国から。

光魔法の熱で縄を焼き切り立ち上がると、止まっていた時間が動きだした。

いや、そもそも時間が止まっていると感じたのは、追いつめられた私が見た幻覚だったのかもしれない。

(今のままではいけない、ここから離れないと！　動け、私の足！)

兵士がいる側に結界で壁を作り、人だかりを分けるように結界の道も作った。

その中を全力疾走する。ほかの魔法も使えるが、前世で使わなかったものが大半で、正しく発動できるか微妙だ。

でも、そんなことは言っていられない。

そういえば、魔王城でフレディオやシリルが風魔法で空を飛んでいた。

彼らが飛んでいた様子を思い浮かべ、同じように魔法を発動してみる。

すると体がブワリと浮き上がり、空高く昇っていく。

「できた……！」

実際に使うのは初めてなので、うまく方向が定まらない。

けれど風の力に任せ、ぐんぐん処刑場から離れていく。

「どうしよう、一応浮き上がって飛んでいるけど、ぜんぜんコントロールできない」

風に飛ばされるまま、私はあてもなく空を移動し続けるのだった。

＊　＊　＊

ふと懐かしい、誰かに優しく包み込まれたような気配を感じ、執務中だった魔王シリルは顔を上げた。

父譲りの流れるような銀髪に端正な顔は青年のもので、母親に似た繊細な美しさが周囲の目を引く。

魔族の寿命は人間よりかなり長く、シリルも百歳と十数年の年月を生きていた。

かつてのフレディオも八百歳を優に超えていた。

「今の気配、エマ……？」

温かくて優しくて、苦しくて泣きたいほど愛おしい大切な人の痕跡。

百年経っても忘れない、忘れられるわけがない。

もう二度と会えないのだと理解しながらも、ずっと彼女を想い続けていた。

自らの命と引き換えにモフィーニアを守ってくれた聖女は、今までで唯一シリルが愛した女性だったのだ。

「いや、まさかね。エマは死んだんだ」

しかし、続けざまに同じ魔法の気配が放たれる。何度も、何度も……。

「これは、いったい」

魔族は魔法の気配に敏感だ。魔王クラスになれば、誰が魔法を使ったか、どこから魔法が使われたかなども判別できる。

そして今、遠くの──キーラン国の方角で、懐かしい光魔法や風魔法の気配がした。

エマの魔法を忘れるわけがない。シリル自身が彼女に教え、いつも一番近くでそれを見ていたのだから。

「シリル様？　どうされたのです？」

声をかけてきたのは、同じく執務中のアルフィだった。

彼は父やエマが亡くなってからも側近としてシリルを一番近くで支え、慣れない魔王業務を手伝ってくれた。おかげでなんとかモフィーニアを維持できている。

シリルは賢魔王と言われているけれど、それは自分の治世に大きな事件が起こっていないからだ。今の自分は父に大きく及ばないと知っていた。

「アルフィ、ちょっと出かけてもいいか？」

「ええ、かまいません。シリル様はずっと働きづめですからね。気分転換を提案しようと思っていたところです」

「すまない、城の外へ出てくる」

「お強いあなたですから大丈夫とは思いますが、お気をつけていってらっしゃいませ」

あの気配が誰のものなのかを確認したい。

頭にあるのはそればかりだ。

階下に下りる手間が惜しくて、シリルは風魔法を使って窓から外へ飛び出した。

目指すは、エマの気配のあったキーラン国。

空中を移動するシリルは、魔獣の出る森の上を越えながらうしろを振り返った。

エマが命がけで張った結界は森の中に今も変わらず存在していて、強欲な人間たちの侵入を阻んでくれている。

魔族だけは結界を自由に通り抜けられた。

だからシリルも簡単にキーラン国へ行けるし、いつでも戻ってこられる。

もっとも、今では魔族が人間の国へ出るのは、緊急時以外禁止しているのだが。

「エマはもういない。期待しちゃ駄目だ」

わかってはいるが、居ても立ってもいられない。

シリルの見た目は人間と変わらず、赤い目だけを幻影の光魔法でごまかせば簡単にキーラン国の人間に溶け込めた。

気配があった場所の近くに降り立ち、早足で目的地へ向かう。

しかし――。

たどり着いたのは、予想外の場所だった。

「ここは、キーラン国の処刑場？」

物々しい雰囲気の兵士が大勢うろついており、貴族らしき太った人間が大声で怒鳴り合っている。

「罪人の女が逃げたぞ！　追え！」

「結界が張られていて、ここから先へは進めない！　別の道を行く！」

「聖女しか使えない結界を張るなんて、何者だ⁉　なんとしても連れ戻せ！　聖女だとすれば、ますます逃がしてはならん！　大昔に召喚されたきり、我が国に聖女のスキルを持つ者はいないのだからな！」

ひときわ目立つ豪華な席の上で、キーキー怒鳴る派手な男女もいた。キーラン国の王族だろうか、百年前と変わらず醜悪な性格をしていそうだ。

「早くしなさいよっ！　大罪人を捕らえるのよっ！」

「あいつは呪われた女だ！　野放しにすれば、なにをするかわからん！」

光魔法や結界を使った者は、現在逃走中でここにはいないらしい。そして、聖女かもしれないと騒がれている。

「聖女……まさかな……」

はやる気持ちを抑えながら、シリルはさっさと踵を返す。

そんなはずはない。この時代に聖女はいないし、仮に聖女だからといってエマであるとは限らない。

でも、希望を捨てきれない。

「どこだ？　せめてもう一度魔法を使ってくれれば、居場所を割り出せるのに」

人間たちよりも前に、彼女を見つけ出す必要がある。

すると、思いが通じたかのように、離れた場所でエマの光魔法が使われる気配がした。

＊　＊　＊

風魔法をなんとか解除した私――エマは、見慣れない薄暗い路地に降り立っていた。

住んでいた貴族街と真逆の方向へ飛んだものの、埃っぽい道の両側に狭くて小さな家々が並んでいる様子は、前々世のテレビで見たスラムそのもの。それよりひどいかもしれない。

「キーランにもこんな場所があったのね」

前世でも今世でも、まったく知らなかった。

ともかく、早くこの場所から出た方がよさそうだ。

同じ場所でじっとしていると追っ手が来るかもしれないし、スラムは治安が悪い。素行の悪い輩に絡まれては大変だ。

しかし少し進むと心配した通りになった。背の高い、ガラの悪い男たちに行く手を阻まれる。

「お前、ここの人間じゃねえな」

「なんだ、その目は……片方が赤いなんて魔族なのか？　どちらにしても珍しいから売れるかもしれないな」

相手は三人、こちらはひとり。でもスキルを使えばきっと逃げきれる。

ずっと自分は無力だと感じていたが、どういうわけか前世のスキルが使えるようになった。

（ありがとう、フレディオ）

彼は、私が普通の人間として幸せになることを望んでいた。聖女やら異世界人やら、そんな肩書きが重荷にならないように。

だから真の危機に直面するまで、スキルが発現しなかったのかもしれない。

キーランの庶民はスキルがない場合も多いし、持っていてもひとつくらいだという。

貴族のリマたちでさえ、たいして強くもないスキルが四つほどだと言っていた。

さすがに、生まれた先の家庭環境のひどさはフレディオも想定外だったと思うけれど。

（生まれる場所までは決められないと言っていたものね）

「光魔法、目くらまし！」

まぶしい光で相手が戸惑っているうちに、複雑な路地の奥へ逃げ込む。

国から追われている身なので、なるべく目立ちたくない。幸いごちゃごちゃした場所なので、隠れられる場所は多そうだ。

坂道の多いスラムを上へ上へと走り、頂上にあったゴミ山の陰にしゃがんで身を隠す。

（しばらくじっとしていよう）

スラム街で一番高い場所だからか、今いるところからは下の景色がよく見える。

街全体が見下ろせるし、遠くにはかつて魔獣に襲われかけた森も見えた。王都からかなり離れた場所へ来たようだ。

「これから、どこへ行こうかな……」

下から吹いてくる風にさらされながら今後の予定を立てていると、ふと目の前に影が落ちた。

ゴロツキに見つかったのかと身がまえたけれど、顔を上げた先にいたのはまったくの別人……スラム街に似つかわしくない身綺麗な格好をした美しい青年だった。

どこか妖艶さをまとった、銀髪に黒い瞳の彼は、今は亡きフレディオに少しだけ似ている。

「だ、誰ですか？」

（まさか、私を追ってきた貴族⁉　捜索が早すぎる！）

焦る私とは裏腹に、目の前の青年は呆けた表情で私を凝視し続けている。

「艶やかな黒髪に丸い目の形、白い肌にやわらかくて澄んだ声……少し幼くて小柄だけれど、本当にエマ……？」

消え入りそうな早口言葉で名前を呼ばれる。

（私の名前を知っているの……？）

体をこわばらせて、警戒しながら告げる。

「やっぱり、殿下やリマたちの追っ手なの？　私を捕まえにきたんですね！」

「エマ、ようやく会えた……会いたかった……でも、君は死んだはずなのに……」

そう言うと彼の瞳が黒から赤に変わり、私はハッと息をのむ。この人、魔族だ。

驚いて立ち上がると、真正面からギュッと抱きしめられた。

「は、放してください！」

「嫌だ、二度と放さない！　エマ、もう僕の前からいなくならないで。君が消えてしまうなんて耐えられない。愛しているんだ！」

そこで私は互いの話が噛み合わない事実にようやく気づき、恐る恐る切り出す。

「あ、あの……？」

「帰ろう、僕たちのいるべき場所へ！　キーランなんかにいる理由はないよ！」

「えっと……？」

「怖い目に遭ったんだね。君が無事で本当によかった、あとは僕に任せて」

「あなたは誰なんですか?」

尋ねると、目の前の美青年はピシリと体を硬直させた。ゆがめられた端正な顔が、どこか悲しそうに見える。

「……ひ、ひどい……僕はエマを、一日たりとも忘れたりしなかったのに。あれだけ一緒にいたのに。いつもお菓子を差し入れてくれたのに! あの笑顔は嘘だったの?」

動揺してブルブルと震える青年の頭から、ピョコンと銀色の狐耳が出る。

それを見た私は、湧き上がってくる懐かしさに言葉を失った。

(かわいい、モフモフ)

彼は、もしかして……。

「シリル……?」

「そうだよ、シリルだよ!」

なんということだろう、少年だった彼は今やすっかり立派な大人に成長していた。

昔は私より背が低かったのに。

念のため、私は彼のステータスを確認する。

**シリル**

**職業：魔王**
**スキル：全属性魔法（特大）、鑑定（大）、スキル譲渡（大）**
**耐性：魅了無効、支配無効、全状態異常（大）**
**備考：狐獣人魔族**

本当に、あのシリルだ。かつてのフレディオより強くなっている気もするけれど。

予想外の出来事を前に声もなく立ち尽くしていると、坂の下から大きな怒鳴り声が響いた。先ほどのゴロツキたちだ。

隣にいるシリルは、いつの間にか耳を引っ込めている。

「見つけたぞ！　もう逃げられると思うな！　今度こそ捕まえて売り飛ばしてやる！」

ゴロツキが叫んだ瞬間、隣からブワリと恐ろしい殺気が立ち上った。

「シリル⁉」

「売り飛ばす？　売り飛ばすって、エマを？」

シリルの体が私から離れ、ゆらりと揺れる。次の瞬間、こちらに走ってきたゴロツキの悲鳴が響いた。

「へぶうっ！」

「ぐはあぁっ！」

「うぉぉぉぉぉぉぉっ!?」

なにかに吹っ飛ばされて坂道を転がり落ちていくゴロツキたち。たぶんシリルの魔法にやられたのだと思うが、同情はしない。

「僕とエマの再会の邪魔なんだよ」

冷たく言い放ったシリルは、打って変わってやわらかい笑みを浮かべ私を見る。

「さあエマ、早く家へ帰ろう」

「あの、家って？」

「モフィーニアの魔王城に決まっているでしょう？　それとも、ほかに行きたい場所があるの？」

「ありません。でも、魔王城ということは、シリルはあの後……」

異世界人との戦いで、フレディオと私が命を失った後、どうなったの？

聞きたいけれど怖い。私とフレディオは、まだ幼いシリルにすべての重責を押しつけた。

「あの後？　あの後って、君がいなくなってから？」

シリルは再び私を抱きしめる。

「もちろん、魔王になったよ。父上も君もそれを望んでいたからね。今も魔王……百年くらい、ずっと」

そして少し低くなった声でそう言った。

「百年⁉　あれから百年も経ったのですか？」

私は転生後の人生を十七年間生きてきたけれど、それまで百年の空白期間があったのだ。

「そういえば、魔族は長生きするのでしたね。私と出会ったときのシリルは十歳を少し過ぎたあたりだったのに。今は私より年上に見えます」

今世の私は十七歳になったばかりだけれど、シリルは二十歳前後の姿だ。なにもかも、すっかり追い抜かれた。

「僕はエマより大人になれてうれしいよ。ずっと年の差がもどかしかったから。さて、君のステータスに風魔法が増えているけれど……空は飛べる？」

「飛べますが、方向がいまいち定まりません。記憶が戻ったのが少し前で、それまではスキルが使えないどころかステータス自体も見えませんでしたから」

「なるほど、そういうわけか。連絡をくれないなんて水くさいなあと思っていたんだ。あとで詳しい話を聞かせて」

言い置くとシリルは私を抱え、スラム街のてっぺんから眼下の街をめがけて飛び降りる。

「ひゃあっ！」

風魔法を使ったので落ちなかったが、急な浮遊が怖くて私はシリルにしがみついた。

「うわあっ⁉」

なぜかシリルまで真っ赤な顔で声をあげる。

「ごめんなさい。驚かせましたか？」

「ち、違うよ？　むしろ、ご褒美というか、なんというか」

要領を得ない回答を繰り返すシリルは、赤い顔のままキーランを出て、ものすごいスピードでモフィーニアへと飛び続けた。速すぎる空の移動はちょっと苦手だ。

モフィーニアとの国境に着くと、シリルが「見て」と言うので彼の視線の先を追うように顔を向ける。

そこには、透明でドーム状の厚い膜が前方に見える土地を覆うように広がっていた。

「エマが張ってくれた結界だよ。今もこの国を守り続けてくれているんだ」

百年ぶりに目にした結界は当時のままの状態で、静かにモフィーニア全体を包み込んでいる。

「……話には聞いていたけれど、まだ残っていたんですね」

巨大な結界を見上げながら、私はかすれた声で答える。前世最後の大仕事が役に立っているようで感慨深い。

「さあ、魔王城は向こうだ」

結界を通り抜け、モフィーニアの中心にある魔王城へ進む。

眼下には、百年前よりも発展した魔族の街が広がっていた。人間との争いがないからか、この国は急速に豊かになっているようだ。

シリルは私を抱えたまま、魔王城の最上階の窓へ向かった。蔦の這う、巨大な黒い石造りの城を目にすると懐かしくて、どうしても昔の出来事が思い出される。

「エマの部屋、今もそのままだよ。掃除はしてもらっているけど、どうしても片づけられなくて。こっちは僕の新しい部屋」

シリルはフレディオの部屋に移ったようだ。

「そこに座って。今、部下を呼ぶから」

彼の言葉に甘え、魔王の部屋の長椅子に腰掛ける。

シリルが伝令の風魔法を飛ばすと、すぐに誰かが部屋にやって来た。

「お呼びですか、魔王陛下。今仕事中なので、超忙しいのですが！」

入室してきたその人物は、私を見た瞬間に言葉を止める。

「あ、あなたは……」

それは、以前とまったく変わらない姿のアルフィだった。

彼は私を見ると大きく目を見開き、持っていた書類を取り落としそうになる。

ヒョコッと長い兎耳も飛び出した。

「エマさん⁉　まさか、そんなはずは……あなたは百年前に亡くなったはず。お墓も作ったのですから」

おろおろするアルフィに目を向けた私は、苦笑いしながら答える。

「ええと、フレディオのスキルのおかげで転生しました」

そこで私はフレディオがくれた加護について、ふたりに話をした。

ふたりとも、死後の私とフレディオのやり取りは知らないのだ。

「……というわけなんです」

「エマのステータスに父上の加護があったのは、そういうことだったのか」

シリルの方は、詳細は知らないものの私のステータスを見て気づいたようだ。

「先にエマの世話をお願いしていいかな？」

「かしこまりました。女性の部下を呼びましょう」

そういえば、私は処刑される直前で逃げ出したので、薄汚れた灰色の罪人服のままだった。

牢屋にいた間はお風呂にも入っていない。おおよそ一カ月間、人間らしい生活はいっさいさせてもらえなかったのだ。

「シリル、ごめんなさい。私、すごく汚かったかも……」

今さらながらに、私を抱えて空を飛んだ彼に対して申し訳ない気持ちになる。

「なに言っているの？　エマはいつも綺麗だよ」

シリルは平然としている。前世と同じで、彼はいつも私に甘い。

その後、魔王城の広い風呂に入り、綺麗な服に着替えさせてもらった私は、再びアルフィと一緒にシリルの部屋を訪れた。全身から石鹸のいい匂いがする。

疲れただろうからベッドに寝転んでいいよと言われたけれど、それは遠慮して長椅子に座ると、アルフィがトマトパスタや唐揚げ、サラダといった軽食と飲み物を用意してくれた。

「あ、これ、私が前世で魔王城に広めた料理……」

「はい。エマさんが食堂に遺したレシピにいたく感動した料理人たちが、再現したものなんです」

自分の痕跡が思わぬところに残っていて、うれしくなる。

「それでエマ、どうして処刑されそうになっていたの？」

向かいに座るシリルが、真面目な表情で質問してきた。

「実は……」

生まれてから今までのあれこれをシリルとアルフィに説明すると、彼らは苦虫を噛みつぶした……と表現する以上にすさまじい顔になった。

赤く染まった魔族特有の瞳がらんらんと輝き、全身から今にも人を殺しにいきそうなオーラを放っている。

「許せない！　エマを迫害するなんて！　あの場を破壊してくれればよかった」

「シリル様、すぐにエマさんを陥れた者たちをつぶしにいきましょう！　十倍、いや百倍返しだ！」

ふたりの発言が激しすぎる。

（そしてアルフィ……あなたはシリルを止める側でしょ？　一緒に燃え上がってどうするの）

「私は復讐を望んでいません。できればもう二度と関わりたくないです」

「エマがそう言うなら……」

こうして、キーランの王族や私の家族はとりあえず命をつないだのだった。

「だいたいの事情はわかったから、エマはもう休んで。これからの生活については明日以降に考えよう。そこに僕のベッドがあるから、一緒に……」

「あの、私の部屋は？」

「もちろん部屋は整えてあるけど、こっちの方が近いし。昔は一緒に寝たでしょう？」

「シリル、それはちょっと、問題があるのではないでしょうか？」

子どもの頃と同じ目で見つめられると、言うことを聞いてあげたい気分になる。

前世ではよく、モフモフに変化した彼を抱きしめて眠ったものだ。

けれど今の彼は大人の姿で、寝床をともにするのはおおいに問題がある。

「どうしても駄目？　せっかくエマに会えたから、少しでも一緒にいたいんだ」

うるうるとこちらを見つめるシリルの頭に、ピョコッと銀色の狐耳が出現する。

足もとにはフサフサの長い尻尾が垂れていた。

（……どうしよう、すごくモフりたい。今日だけ一緒に過ごそうかな）

モフモフの誘惑に陥落した私は、観念して首を縦に振る。

「仕方がないですね」

私が答えると、シリルは昔よりも大きな銀狐の姿になり、ベッドに駆け上ったのだった。

（ああ、かわいい……）

モフモフした彼の毛並みは、百年経っても私を癒やしてくれる。

＊　＊　＊

（ああ、エマだ。エマが目の前にいる……）

銀狐の姿で巨大な寝台に寝そべるシリルは、隣で早くも眠りに落ちたエマを見つめる。我慢できず、顔をペロペロなめたのは内緒だ。

毛先にウェーブのかかった髪に、黒目がちで丸い意志の強そうな瞳。年齢のわりに小柄で折れそうな細い体だけは心配だが。

前世より若くなっているものの、中身はなにも変わらない聖女。

ステータスまで前世とほとんど一緒だ。

ともに暮らしたのは一年程度だが、彼女はシリルにとって何物にも代えられない大切な大切な存在だった。

百年前にいなくなった愛する女性。

ずっと苦しくて、一生この気持ちは続いていくのだろうと覚悟していた。

それが、彼女を助けられなかった自分への罰だと思っていたのだ。

しかし心に空いていた大きな穴は、エマとの再会により再び満たされていく。

(今度は、絶対に彼女を失ったりしない。守りきってみせる)

シリルたち獣人系の魔族は、ほかに類を見ないほど愛情深いと言われている。八百年生きた父も、妻は生涯ただひとりしか持たなかった。

エマに再び会えた。それが、泣きそうになるほどうれしい。

こっそりヒト形に戻ったシリルは、両腕を伸ばし温かいエマの体を抱きしめる。

そのままひと晩過ごし、朝になってエマが目を覚ました。

「おはようございます、シリル。あら、ヒト形に戻ったんですね」

朝一番に間近で異性の顔を見ても淡々とした受け答え。エマらしい。

彼女は普段から冷静で、あまり感情を態度に出さない。

我慢をしているのではなく、単に心の内を表現しないタイプなのだろう。頭の中ではいろいろ考えているはずだ。

「エマ、おはよう。よく眠れたみたいだね」

「おかげさまで。シリルは眠れました？　このベッドは広いですけど、私が押しかけたから落ち着かなかったのでは？」

「そんなわけがないよ。昔だって一緒だったでしょう？　エマがいる方が安心できるんだ」

「別にいいですけど」

　彼女の顔色も少しよくなっている。まだやつれてはいるが、魔王城で過ごせば改善するだろう。というか、させてみせる。

「そうだ、エマ」

「なんですか？　シリル」

「魔王の座を君に返そうと思って。父が最期に指名したのは、エマだと聞いているよ」

「いりません。あのときは非常時だったので、緊急措置として引き受けただけです」

　予想はしていたけれどバッサリ断られた。エマはどう見ても権力を欲しがるタイプではない。

「フレディオが私を魔王にと言ったのは、その場に強いスキルを持つ相手が私しかいなかったからです。そして、あなたがまだ子どもだったから暫定的に決まっただけ。シリルは立派な大人になりましたし、魔王業も真面目にこなしているのでしょう？　今さら私が魔王になる理由はありません」

　エマがそれを望むなら、自分が引き受けようと思う。

「それなら、エマ。食堂を再開しない？」

「聖女食堂……をですか？」

　エマが色違いの目を大きく見開く。

「料理は好きでしょう？　百年前の君の料理は皆に愛され、今でもこの城に残っているよ。まだまだ作って出したい料理があるよね？」

提案した内容は、とてもいい考えのように思えた。

「もちろん、エマがゆっくりするのもありだと思う。命を賭して僕らを救ってくれた君にはその権利があるよ」

「食堂……」

ぽつりとつぶやかれた言葉は、エマの未練を示しているようだった。

「もちろん、場所は僕が用意する」

「え、でも」

「国を救ってくれた恩人に、そのくらいのお礼はさせて」

少し迷った様子のエマは、あきらめたように首を縦に振った。

「わかりました。ありがとう」

淡々と言葉を返すエマだけれど、その頬はほんのり上気していて、うれしがっているのがわかった。彼女のそういうところが、本当にかわいい。

＊　＊　＊

シリルから食堂についての話を聞いた後、あっという間に店の手配がされた。

魔王城に残っている者の中に、かつてのエマの料理のファンや、成長して中級や上級になった下級魔族がいて、彼らも一緒に尽力してくれている。

今度の食堂は魔王城の二階。シリルが案内してくれた。

「わあ、前の店より広いですね」

前世のときの倍以上スペースがある。

漆黒の魔王城に似つかわしくない店内には、木のぬくもりの感じられる丸みを帯びたテーブルやカウンターが並んでいた。

テラコッタ風の床の上に植物が飾られていたりして、微妙なおしゃれ感もある。

シリルは相当がんばってくれたようだ。

「ありがとうございます。こんな素敵な店内、夢みたいです」

奥の調理場もスッキリと使いやすい仕様で、照明がいい雰囲気を出していた。

「場所が変わったけれど、スペースを多めに取れるようにしたんだ。このフロアは空きが多いから、店を拡張することもできるよ」

ひとりでこの席数を回せる自信はないから、従業員を雇いたい。

頭を悩ませていると、足もとを好き勝手に歩き回る下級魔族のモフモフを発見した。猫っぽい魔族と犬っぽい魔族、子鹿や子熊っぽい魔族もいる。

前世でも、彼らは気まぐれに店に現れては、細々とした手伝いをやってくれた。

四足歩行の子が多いけれど、彼らは魔法が使える。

下級魔族には働いてお金を稼ぐという概念がないらしい。ただ、働いた報酬として食べ物をもらったり、経験を積んで中級魔族になる糧にしたりとメリットはあるみたいだ。

魔王城のいたるところでモフモフが走り回っている光景は和む。

「ところでシリル。どうしてカウンター席に座っているのですか？」

「エマの料理が食べたいから。食材はそっちの倉庫に入れてあるよ」

以前の魔王城には冷蔵庫の役割を果たす道具があったのだが、今度は部屋全体が冷蔵室となっているようだ。

この世界の冷蔵庫は少し変わっていて、中に入れた食材が腐りにくい。

前世と比べて十倍くらい長持ちする。そういう部分は便利だ。

「ジャガイモがたくさん。あら、スパイスも充実していますね。果物やお肉もある……私が前世で作った調味料まで！　醤油にケチャップに、マヨネーズも!?」

「前世のエマが使っていたものを中心に置いているんだ。隣の倉庫には常温で管理するものがあるよ。冷やさなくていいものもこっち」

カウンターから立ち上がったシリルも倉庫の中に入ってくる。

「魔王城の今の料理長に頼んで、たくさん食材を入れてもらったんだ。今の料理長は君の料理の熱烈なファンでね……そのうち店に来るんじゃないかなあ。君の話をしたら、会いたがっていたから」

「もしや、私が食べた軽食は」

「料理長が張りきって作ったんだよ」

「そうなんですね、うれしいです」

聖女としての成果だけでなく、遺した料理を大事にしてくれた人がいるのが本当にうれしい。

「それじゃあ、この辺りのものを持っていきましょう」

「なにを作るの？」

「できてからのお楽しみです」

まずはジャガイモの皮をむいて六等分にする。

切ったジャガイモを鍋で塩ゆでしている間に、刻んだ玉葱を挽き肉と一緒に炒めて味つけ。

（うん、いい匂い）

ゆであがったジャガイモはつぶして、炒めた具材と混ぜて小判形にまとめた。

横を見ると、シリルが興味深げに作業を覗き込んでいる。

「シリルも丸めてみますか？」

「いいの？」

「もちろん。手伝ってくれると助かります」

彼は昔も、私の料理を見るのが好きだった。

王子としての仕事がないときは、こうやって並んで作業したものだ。

楽しい記憶を思い出し、自然と笑みが漏れる。

シリルがコロッケを作っている間に、私はソースの準備に取りかかった。

コロッケに合うソースはいろいろあるけれど、せっかくスパイスがあるのでカレーソースを作る。

「ああ、ワクワクします！」

まずはホール状のスパイスを油に入れて弱火で香りを出していく。シナモン、クミン、カルダモン、クローブ。

（いい香り）

そこへ、すりおろした林檎と玉葱とトマトを投入。

しばらくしてパウダー状のスパイスを入れて混ぜていく。

（ターメリック、チリペッパー、コリアンダー、オールスパイス。こんなものかな）

水を足しつつソースをぐつぐつ煮つめていく。

「蜂蜜や塩、胡椒で味を調えて……よし、しばらく弱火で煮込みます」

ついでに、手早く千切りキャベツなどの野菜もそろえておく。

シリルの作業が終わったようなので、今度はコロッケを揚げる番だ。

「すごい。シリル、器用ですね」

初めての作業だというのに、彼が作ったコロッケは綺麗な小判形をしている。

褒められて、シリルはうれしそうだ。

「では、小麦粉と溶き卵、パン粉をつけて揚げていきますね」

揚げ油の温度を見計らって、コロッケのタネをイン！

ジュワァッと、おいしそうな油の音が広がる。

カラッと揚がった香ばしいコロッケの油を切って、大きめの丸いお皿に盛りつけた。

野菜とコロッケをいい感じに並べ、上からトロトロのカレーソースをかけていく。

「よし、いい香り」

温めておいた冷蔵のパンを添えて、あつあつのコロッケ定食の完成だ。

（パンは出来合いのものだけれど、今度は自分で作りたいな）

多めにできたので、小さなモフモフたちの分もテーブルの上に並べる。

「いただきます！」

目を輝かせたシリルがナイフとフォークで器用にコロッケを切り分ける。

「熱いので、気をつけてくださいね」

ここの人たちはお箸を使わない……というか、お箸の存在を知らない。徐々に箸文化を広めたいとは思っている。

前世の私が魔王城にいた時代は、そこまで料理が重要視されていなかった。

今のように材料が充実していなかったため、カレーは前世で出せていない。

（シリルも初めて食べるよね？　大丈夫かな？）

恐る恐る様子をうかがう私。しかし彼は迷いなくカレーソースつきのコロッケを口に入れた。

「おいしい！」

彼の食べるスピードがぐんぐん加速する。

小さなモフモフたちも、ハフハフとコロッケを頬張っていた。彼らの見た目は動物そのものだけれど、中身は魔族なのでコロッケもカレーも食べられる。

「気に入っていただけたみたいで、よかったです」

私も一緒になってコロッケを頬張る。

（うん、なかなかの仕上がり）

「あれ、エマ。手が赤くなってる」

食事をしていると、不意にシリルが私の手を取って心配そうに覗き込んできた。

「赤い？　ああ、これですか。鍋が小さくて浅いから、手の甲に油が跳ねて。少しだけなので大丈夫ですよ」

「自分のケガが自分で治せないのは不便だね」

シリルは痛ましそうに、火傷の痕を見つめてつぶやく。

魔王城の調理道具は日本ほど充実していない。普通の鍋、普通のフライパンはあるが、揚げ物に特化した鍋や炊飯器、ミキサーなどは置いていなかった。

そろっていないというより、この国に存在しないのだと思う。

欲しいけれど、私に道具を作る技術はない。

「エマ、火傷を手あてしよう。後片づけはそこの魔族たちがやってくれるよ」

シリルがそう言うと、小さなモフモフたちが器用にビシッと敬礼した。

おなかいっぱいで、機嫌がいいみたいだ。

獣の姿なので不安に思う部分があったものの、彼らは魔法を使って働くので洗い物などは心配しなくていい。

シリルに促されて食堂を後にする。

ふとなにか大きな存在の気配と視線を感じたけれど、ここにはシリル以外に小さなモフモフしかいない。きっと気のせいだろう。


転移魔法陣でシリルの部屋に飛び、無事に火傷を手あてしてもらう。

処置が少し大げさに感じるが、火傷の痕が残らずに済むのはありがたい。

魔王になったというのに、彼はかいがいしく私の世話を焼いてくれる。

椅子に座ったシリルを見ると、熱をはらんだ目で見つめられているのに気づいた。

子どもの頃からこういう表情はたまにしていたけれど、大人になった彼に見つめられるのは落ち着かない。

　シリルは細い腕を伸ばして私の頬に触れた。

「エマ、本当に本物のエマだ……まだ信じられないよ。転生してくれてありがとう。愛しているよ」

　愛しているだなんて、まるで愛の告白のようなセリフを言われてドキッとした。

　でもすぐに、かつてフレディオとともに三人で家族のように過ごした愛しい日々を思い出し、心が温かくなる。自分を大切に思ってくれる存在がいるのはうれしい。

「お礼はフレディオに」

「そうだね、父上にも感謝だ。父上もだけれど、大好きな君がいなくなって、本当に苦しかったんだ」

　私もシリルを弟のように大事に思っていて、家族のように愛していた。

「今でも、君がふとした瞬間に消えるのではないかと、少し不安だよ」

「そんな特殊なスキルは持っていません」

「もう二度と君を手放さないから。あんな思いはもうたくさんだ」

　私は百年もの間、彼を苦しめ続けていた。

　真剣な表情の彼が痛々しく思え、罪悪感にさいなまれる。

　私もこれ以上シリルを苦しませたくないと、安心させるように彼の方を向いて微笑んだ。

「大丈夫ですよ、今世の私は元気です。それに、スキルも強くなりました」

**エマ**
**職業：聖女**
**スキル：結界（特大）、治癒（大）、解呪（大）、鑑定（大）、全属性魔法（大）**
**耐性：魅了無効、支配無効、呪耐性（小）、前々魔王の加護（特大）**
**備考：転生した異世界人、元貴族令嬢**

鑑定を持つシリルにも、私のステータスは見えているだろう。

「そうだ。シリルにお願いしたいことがあるんです」

「なに？　なんでもするよ」

「全属性魔法を教えてくれませんか。過去に教わった光属性以外は使い方がよくわからなくて……王都から逃げるときに風魔法で飛べはしたのですが、フラフラしてスラムに墜落したんです」

「任せて！　前世以上に、手取り足取り教えるよ！」

「いいえ、シリルは魔王の仕事が忙しいでしょうし。誰か魔法を教えてくれる人がいればと思ったのですが」

「僕がやるよ！　僕以外がエマに魔法を教えるなんて、嫉妬で仕事の書類を全部燃やしそう！」

「ええっ⁉　書類は燃やしちゃ駄目でしょう」

「とにかく、エマに魔法を教えるのは僕の役目だから。もう……鈍感だな」

言うと、シリルは拗ねた表情を浮かべながら私にもたれかかる。私は両手で彼を支えながら首をかしげた。

「え？　鈍感って、なにがですか？」

「……もういい」

姿も表情も大人びていて妖しい色気すらあるのに、言動だけが過去の彼を彷彿とさせる。そのたびに不思議な気分にさせられるのだった。

こうして、魔王城の平和のために、私はシリルから魔法を習い始めた。


翌日、私は聖女食堂再開に向け、今の設備や食材で調理可能なメニューを考えていた。

「うーん、シンプルでおいしくて皆が好きなもの……」

昨日のコロッケはとても気に入ってもらえたようなので、食堂のレパートリーに入れる。

「魔族は揚げ物が好きなのかも。よし、また揚げ物にしましょう。天ぷら、チキン南蛮、串カツ。個人的には串カツが食べたいわね」

キーランでは味気ない食事ばかりだった今世。私は濃厚なソースに飢えている。

「よし、串っぽいものは倉庫にあったし、さっそく作ってみましょう」

いそいそと野菜や魚や肉を集めた私は、串カツを作る準備に取りかかった。今度は火傷しないよう気をつけなくては。

ソースを作り、切った具材に下味をつけて、衣をまぶして揚げていく。

いつの間にか、小さなモフモフたちもカウンターに集まってきていた。好奇心旺盛な彼らは、つぶらな瞳で作業を見学していてかわいい。

二度目の人生で、好きなだけ料理を作れる環境を与えてもらえた。

シリルには感謝してもしきれない。

調理を続けていると、にわかにモフモフたちが騒ぎ始めた。なにかに脅えているようだ。

「どうしたの？」

顔を上げると、目つきの鋭い兵士が店内に立っている。

灰色の髪に日焼けした肌の、若くて大柄な男だった。

(見覚えのない人だけれど、誰だろう。前世の知り合いでもなさそうだし)

男はつかつかと調理中の私に近づいてきて、「おい、女」とドスのきいた低い声で話しかけてきた。

「な、なんですか？」

「お前、魔王陛下に特別扱いをされているようだが、どういう関係なんだ。だいたい、人間風情がどうしてモフィーニアにいる。今すぐ出ていけ！」

感情的になった男は、揚げ物をしている調理台を拳でドンと殴りつけた。

(危ないなあ)

油が飛んだらどうする気なのだろう。

揚がった串を取り出しながら、私は相手のステータスを確認する。

**テオ**
**職業：衛兵（高位魔族）**
**スキル：風魔法（中）、土魔法（中）**
**耐性：毒（中）、麻痺（中）**
**備考：狼獣人魔族・魔王城の門番**

無視をされていると思ったのか、男――テオが声を荒らげる。

「聞いているのか！」

「はいはい、聞こえていますよ。料理につばが飛んだら困るので、ちょっと黙ってくださいね」

先に揚げて油を切っていた、適温になっていそうな肉の串カツに手作りのソースをつけ、テオの口に放り込む。これで静かになるだろう。

虚を突かれた彼は串カツを突っ込まれた状態でプルプル震えていた。

彼の体から、ピョコンと灰色の耳と尻尾が飛び出す。

続いてテオは串を手に取り、刺さっている肉を次々に飲み込み始めた。

「う、うまい！」

あっという間に一本を平らげ、物欲しそうにほかの揚がった串カツを見つめるテオ。

しかし、人間相手におかわりをねだるのはプライドが許さないようだ。強面だけれどなんだかかわいい。

どうしようかと考えていると、店の前を懐かしい人々が通りかかった。

彼らはテオと同じ衛兵の制服を身につけている。

「ああっ！　聖女様……本当に、本当に生きておられる！　再びお会いできるなんて！」

「転生して魔王城に迎えられたって噂は本当だったんですね！　それにしても、少し幼く見えるような」

声をかけてくれたのは、前世で食堂を開いていたときの常連さんたちだった。聖女食堂が流行るきっかけを作ってくれた魔族の兵士もいる。

「お久しぶりです。皆さん、お元気そうでなによりです」

「百年ぶりくらいです。こうして元気で働けるのも、聖女様のおかげですよ。あなたが、命を賭して我々を守ってくださったから」

「そうですよ、聖女様。あなたと前魔王陛下の死がどれほどショックだったか……」

懐かしの常連さんたちは、しゃべりながら店の中に入ってくる。

「よかったら、串カツを食べていきますか？　試作品なんですけど」

「喜んで！」

兵士の皆さんに串カツののった皿を差し出してあげた。ついでにテオにも。

すると、常連さんたちが不思議そうにテオを見つめる。

「あれ、テオじゃないか。こんなところでなにやってんだ？」

「今日の持ち場は表門じゃなかったか？　新入りのガキがサボるとは、いい度胸だな」

「そ、それは……」

テオは気まずそうな顔で視線を逸らせた。常連さんたちはテオの先輩だったらしい。

いきなり私に突っかかってきたから驚いたけれど、若い世代なら百年前の出来事を知らなくても仕方がない。

精度の上がったステータスで詳細を見ると、十八歳と表示された。

(若いなあ。あ、でも今の私より年上か)

スキルレベルが上がると、年齢やケガの有無まで見られるようになる。

微笑ましく思いながらテオを眺めていた私は、あることに気づいた。

「あら、あなた、ケガをしていますね」

足にひどい傷があったので、治癒のスキルでひょひょいのひょいと治してあげる。

耳と尻尾を出したままのテオは、治癒していく自らの足を見つめ、驚愕に目を見開いた。

衛兵仲間たちも、まじまじと治療現場を観察している。

「テオは以前、個人で魔獣退治を生業にしていたのですが、足に大きなケガを負ってね。風魔法だけでは森での移動が難しく、門番に転職したところだったんです」

兵士のひとりが、テオの過去について事情を説明してくれた。

たしかに、森で移動するのには彼のスキルの風魔法は向いていないだろう。あれは広い場所で使うものだ。

それを考えると、門番は基本門を見張る仕事なので、じっとしている時間が多い。

「働けなくなったテオを門番として雇ったのが、たまたま通りかかった魔王陛下で。それ以来、こいつは陛下を崇拝しまくっているんですよ」

「なるほど、そういうわけだったのですね」

それで魔王と一緒にいる私を敵視していたらしい。ちょっと迷惑な話だ。

ケガの治ったテオは、私を観察するように見た後、おもむろに頭を下げた。

土下座して、今にも地面にめり込ませそうな勢いで床に頭をつける。

「すいませんっした！」

「えっ、ええっ？」

「救国の……伝説の聖女様だったとは知らず、俺はあなたに無礼な態度真似を……」

モフィーニアで前世の私は、そんな呼ばれ方をされていたのか。

ちょっと恥ずかしい。

「気にしていませんよ。魔王城に人間がいたら、びっくりしますよね」

「で、でも。食べ物を恵んでくれ、ケガまで治してくれた恩人に対して、ひどい真似を……」

彼は簡単に許されることに納得がいかない様子。頑固そうだ。

「じゃあ、俺をあなたの舎弟にしてくださいっす！」

テオの尻尾が、ちぎれそうなほどブンブンと勢いよく振られている。

（ああ、モフりたい……じゃなくて、早く話を断らなくては）

門番の仕事を妨害してはいけない。

しかし私が口を開くよりも早く、第三者の声が割り込んだ。

「なら、異動届を出しておこう」

颯爽と現れたのは、魔王用の仕事服に身を包むシリルだ。

「へ、陛下⁉」

テオを含めた魔族全員の声が裏返る。

「ちょうど、僕がいない間、エマの護衛を任せられる人物を探していたから。エマも食堂に人手が欲しいと言っていたし、下級魔族だけでは不便な面もあるだろう」

シリルは落ち着いた声音で場を仕切る。こういうところは魔王らしく見えた。

「エマ、それでいい？」

「人手が増えるのは助かります。テオがいいのなら」

「決まりだね。本当は僕がずっとそばにいたいのだけれど」

「シリルは仕事をしてください」

その後、仕事を抜け出してきたシリルもちゃっかり串カツを楽しんだ。

ついでに彼を探しにきたアルフィも一緒に食事をし、楽しいひとときを過ごす。

「そうだ、エマ。食堂を開店するにあたって不便はない？　料理となると、僕では知識不足で」

「では少しお願いが」

私は揚げ鍋のことを彼に相談した。

今の鍋では浅くて油が跳ねやすく一度に少量しか揚げられないと話していると、シリルはいい案を思いついたというように表情を輝かせる。

「……なるほどね。それじゃあ、ドワーフ系の魔族に頼んでみよう」

「ドワーフ？」

「うん。モフィーニアのはずれに住んでいて、ちょっと気難しい種族なんだ」

モフィーニアは基本的に獣人系魔族が多いけれど、海の近くには魚人系魔族が、崖の近くには鳥人系魔族が……と、ほかの種族も暮らしている。

ちなみにドワーフは常にヒト形をしていて変身はせず、人間よりも小柄で屈強な姿をしているらしい。

「僕では細かな要望はわからないから、エマが直接頼む方が早いと思う。今のモフィーニア国内は情勢が安定しているから、移動は大丈夫だよ」

ふたりで話していると、テオが割り込んできた。

「俺がお供するっす！　こう見えて腕には自信があるんで！」

（うん、見た目のままだよ）

ツッコミはさておき、私はテオに同意した。

「テオと一緒に向かいます」

「わかった。本当は僕がエマと一緒に行きたいけど」

「魔王陛下、仕事がたくさん残っていますよ」

シリルの要望は、アルフィによってバッサリと却下された。

# 三　伝説の聖女、調味料と調理道具を布教する

そういうわけで、シリルにドワーフとの連絡をつけてもらい、私はテオとふたりでモフィーニアのはずれに向かった。

転移の魔法陣とテオの風魔法があったので、移動が格段に楽だ。

洞窟都市フォルフォッグ——住んでいる種族は主にドワーフで、採掘と金属や石の加工が盛んな街。

巨大な岩山の中が、温かなランプのともる広い空間になっており、日の光が苦手な彼らはここで生活している。ところどころにむき出しのカラフルな鉱石や不思議な植物があり、ぼんやりと発光していた。

ここに住む獣人系の下級魔族は、モグラやアナグマ姿のモフモフだ。ムクムクしていて癒やされる。

私とテオは、フォルフォッグの中でも鉱物の加工が盛んな場所に向かった。

カンカンカンと石や金属を叩く音が洞窟内にこだましている。

金属を加工するドワーフは大勢いて、それぞれ得意分野が違うため、依頼内容によって担当する工房が変わるらしい。

まずはシリルが話をつけてくれた紹介所へ向かう。

足もとには、エメラルドグリーンの光を放つ絨毯のような植物がたくさん生えていた。

「ヒカリゼニゴケの群生地っすね。初めて見たっす」

城に来る前に森で働いていたためか、テオは植物に詳しいみたいだ。ヒカリゼニゴケをたどっていくと、オレンジ色に光る大きなキノコ形の建物が出現した。

「ここが紹介所？」

中にもキノコが生えている。

木でできたカウンターで受付のドワーフに声をかけると、部屋の奥へ通された。

案内してくれたのは子どもくらいの背丈で浅黒い肌の女性。ドワーフは全体的に小柄な種族なのだそう。

「ようこそお越しくださいました。聖女様、歓迎いたします。さっそくですが、担当の者を連れてまいりますね。新種の調理道具というのは、なかなか変わったご要望ですけれど……」

女性が奥へ行き、若いドワーフを従えて戻ってくる。

「彼はトルンさん。『熱鍋《ねつなべ》の郷《さと》』という工房の職人で、金属の加工を得意としています。聖女様の依頼はこちらの工房で担当させていただきますね」

「よろしくお願いします」

トルンは少し不機嫌な表情を浮かべていた。

なぜだろう。人間が嫌いとか、揚げ鍋を作るのが難しすぎるとかいう理由かな？

「聖女様からの依頼だというから、てっきり武器を作るのかと思ったが」

「いいえ、調理道具をお願いしたいんです。揚げ物に特化した鍋なんですけど」

「くそっ。うちが新興の工房だからって、面倒ごとを押しつけやがって」

彼は、揚げ鍋の依頼を受けるのが嫌なのだろうか。調理道具よりも武器を作りたそうな雰囲気がムンムン漂ってくる。

「このドワーフ、生意気っすね！　締めましょうか！」

「こらこらこら、暴力は駄目ですよ。テオ、落ち着いて」

テオをなだめた私は、トルンに目を移す。

トルンも文句はあるが争う気はないらしく、工房へと私たちを案内した。

ヒカリゼニゴケの上を通って、鍾乳洞を抜けた先……少しはずれた場所に熱鍋の郷はあった。

石造りの小屋で働いている職人はトルンを含めてふたりだけ。

もうひとりもトルンと同じ年齢の若者だ。彼は帰ってきた私たちを見て微笑む。

「聖女様の武器を作るんだろ？」

「いや、頼まれたのは鍋だ。おかしいと思ったんだ、聖女の武器なんて依頼が新参者の俺らのところに回ってくるはずがない」

トルンはどこか落胆した様子で仲間に報告する。

「鍋は駄目なんですか？」

「ドワーフは、優れた武器を作ってなんぼなんだよ。鍋なんて作っても評価されない。俺らは独立したばかりで、腕に自信はあるが実績が少ない。ドカンとでかい仕事を請け負いたかったんだ。鍋作りもしないわけじゃないが、評価されない仕事だ」

以前の工房では、トルンたちの評判はかなりよかった模様。

しかし独立して間もない今、まだこなした案件の数が少ないのだという。

彼らにとってなにを作るかは重要事項のようだ。大きな仕事をすればするほど名声が上がる。

（そりゃあ、同じ仕事をするなら評価されたいよね）

私は工房の中を見回してみた。

木でできた温かい雰囲気の工房には、あちらこちらにガラクタが積み上がっている。机の上には書類の束が無造作に置かれていた。

職人ふたりだけなので人手が足りず、仕事が滞っているように見える。

「なるほど、なるほど」

私は目の前の机にのっていた紙を手に取った。

「この書類は？」

「販売した武器の集計と、材料の仕入れについて書かれたものだ。全部計算して、そっちの紙に書かなきゃならないんだよ。俺は書類作業なんて大嫌いだが、忘れないよう目立つ場所に置いている」

「五日ほど放置されたままだ」

もうひとりのドワーフが口を挟み、トルンが「余計な話はしなくていい」と大きな声を出す。

要するに、なかなか手がつけられず後回しにしていた書類のようだ。

「こちらの書類の計算、私が引き受けましょう。これでも前世ではフレディオの仕事を手伝っていました」

「なっ、聖女様が？」

「その代わり、鍋は作ってください」

熱鍋の郷に計算機はない。そろばん経験を生かして、暗算で処理するしかなさそうだ。そろばんすらないので、ペンと紙を手にひたすら自力で計算しなければならなかった。

許可を得た私は、さっそく書類仕事に取りかかる。

「俺もやるっす！」

テオも手伝ってくれた。力に頼りがちな脳筋と思いきや、彼はなかなか書類仕事に向いているようだ。計算も速い。

ふたりがかりで仕事を進めた結果、昼にはたまった書類仕事が全部完了した。

「やりましたね」

「聖女様と俺にかかれば楽勝っすね。なんだかおなかが空いたっす！」

「そういえば、ちょうどお昼の時間ですね」

私たちがふたりで作業している間に、ドワーフたちは鍋の設計図を書き終えて試作品の打ち合わせを始めている。彼らも仕事が速い。

「よければ、なにかお昼ご飯を作りましょうか？　私は手が空きましたので」

「そりゃあ、助かるが……いいのか？」

「料理の腕には自信があります」

おなかが減っていたのだろう、トルンは迷いながらもうなずいた。

「頼む。俺たちは作業を続ける。材料はキッチンにあるからどれでも好きなように使ってくれ」

言われた通り、テオとふたりでキッチンに回る。

工房のキッチンは石の重厚な造りで、魔王城よりも若干設備が古かった。

「岩盤……？」

「ああ、この辺りは料理に岩盤や直火を使うんすよ。直火料理は向こうに道具があるっす」

「テオって博識ですよね。すごいです」

「いや、昔この辺りにきたとき使っていたんで。火加減は俺が見るっすよ」

心から感心すると、彼は恥ずかしそうにモゴモゴ答えつつ、耳と尻尾を出した。

ヒト形になるのが得意ではないらしく、感情が高ぶると獣の部分が出るのだとか。

「ふんふん。この材料で石焼き料理ができますね」

ここはビビンバを作りたいところだが、あいにく調味料不足だ。

あたり前だけれど、工房には魔王城ほどの食材がない。

「焼きそばにしましょう！」

中華麺っぽい物体があるし、野菜が豊富で塩漬け肉もある。

「ソースは材料がありそうなので即席で作ります！　テオ、手伝っていただけますか？」

「もちろん！　火の調節だけじゃなくて野菜を刻むのもできるっす！」

頼もしい答えが返ってきたので、私は焼きそば用の野菜をテオに任せソース作りに専念する。

まだこの世界には〝焼きそばソース〟なんて便利なものは普及していない。

「ソースをはじめとした調味料を流行らせるのもいいかもしれないですね。現在、私が作ったものが魔王城にあるだけですし」

焼きそば用のソースは、串カツ用のソースにちょこっと手を加え辛口にして完成だ。逆に甘くすれば、たこ焼き、お好み焼きと粉物も楽しめる！

テオはすばやく野菜や肉を切り刻んでいく。計算が速いだけでなく、手先も器用だ。

切られた具材を、熱して油を引いた岩盤の上に並べて私が炒める。

ジュワーといい音を立てて白い湯気が上がった。

「おっ、いい感じっす！　焼けてきましたね！」

興奮したテオの尻尾が、ブンブンと勢いよく振られている。

「そろそろ麺を入れましょうか」

麺と少量の水を一緒に入れてほぐし、具材と混ぜていく。

「よし！」

いい感じに炒め上がったところで、手作りの焼きそばソースを投入！

すると、工房中に食欲をそそる甘辛い匂いが立ち上る。

「ああ、これこれ。この匂いです……懐かしい」

日本にいた頃は、よく夜食に焼きそばを作った。

「聖女様、すごくおいしそうな匂いっすね！　初めて嗅いだけど」

「さて、そろそろ完成です。テオ、盛りつけを手伝ってください」

「もちろんっす！」

テオは美的感覚も優れているようで、お皿の上では綺麗に盛られた焼きそばが湯気を上げている。

つやつやと光るソースの上に、鰹節や青のりが欲しいところだけれど、そういった食材は海に近い土地でしか手に入らないらしい。残念！

ドワーフたちのもとにお皿を運び、食卓で皆そろって昼食を食べる。

「なんだ、この茶色の料理は。初めて見たぞ」

「でもいい匂いだな」

私の料理を見た人の中には、最初は警戒する人もいる。

モフィーニアの獣人系魔族の口には合うみたいなのだけれど、ドワーフはどうなのだろう。

自分のお皿に手を伸ばしつつ、横目でトルンたちの様子をうかがうと、意を決した表情で焼きそばを口に運ぶところだった。

もぐもぐと無言で咀嚼する彼は、しばらくして目を見開く。

「んんっ！　こ、これは！」

トルンは、ドンと両手でテーブルを叩いた。

「う、うまい！　野菜や麺や肉はいつもの食材だが、このソースは今までにない味だ！　旨辛く、それでいてしつこくなく、いくらでも食べたくなる！」

テオも、尻尾をブンブンと振りながら焼きそばを頬張っていた。モフりたいけれど、我慢だ。

「気に入ってもらえてよかったです」

「このソースは、どこに行けば手に入る？」

「全部私の手作りなので、どこにも売っていません」

「作り方を教えてほしい！　秘伝の味だというなら、どこにも漏らさない。自分たちで食べるだけだから……」

ドワーフは頑固かつ義理堅い種族だから信頼できるという。とはいえ、私としてはソース文化が広まってほしいので、とくにレシピを隠すつもりはない。

でもせっかくなので、別の方向で交渉してみる。

「いいですよ。ただし、条件があります」

「なんだ、言ってみろ！」

「揚げ鍋以外の調理器具も作ってください。代金はお支払いします」

「なんだと!?」

予想外の答えだったのか、トルンが大きな声をあげた。

「私は魔王城で食堂を始める予定なのですが、欲しい調理器具が不足しているんです。圧力鍋にパスタ鍋、ミキサー、たこ焼き器、お菓子作りの道具も欲しいですね」

「全部武器じゃねえのか！」

「申し訳ないですけど私、スキルが魔法系に偏っていますので……武器を使わないんですよね。ですから、今後も調理道具を作ってくださるのと引き換えに、ソースのレシピを提供します。今日作った焼きそばソースだけでなく、ほかのソースも」

「くっ……」

少し迷いを見せたトルンたちだけれど、ソースの魅力にはあらがえなかったようで、渋々うなずいてくれた。

「わかった、ソースのためだ。熱鍋の郷は聖女様に協力しよう」

「ありがとうございます。では、これらの調理器具について説明しますね」

うれしくて、ついニマニマと笑みがこぼれる。それを見たテオが「よかったっすね、聖女様！」と言ってまた尻尾を振った。

食事の後、調理器具について説明をして魔王城へ帰還する。

洞窟都市フォルフォッグの訪問は、予想以上に満足できる結果に終わったのだった。

その後も私は時折熱鍋の郷を訪れ、調理器具の進捗を確認したり、新しいソースのレシピを教えたりという作業を繰り返す。

最初は渋々協力してくれていたトルンたちだけれど、しばらくすると彼らの様子が変わり始めた。

「なあ、聖女様。この調理器具、量産してほかのやつにも売っていいか？　ドワーフ仲間たちから欲しいと言われたんだ」

「私はかまわないですよ」

「そうか、感謝する」

そんなやり取りがあってしばらくしたのち、熱鍋の郷はソース普及の拠点となり、数々の新種の調理器具を生み出した功績がきっかけで、フォルフォッグのドワーフたちの間で一躍有名になったのだった。

武器作りという彼らの目標とは少し違うけれど、工房の人気が出てよかったと思う。

そんなある日、いつものように熱鍋の郷を訪れた帰り道、私は道中で素行の悪そうな魔族の集団に襲われそうになった。

転移の魔法陣のすぐそばで待機されていたので、計画的に狙われたようだ。居並ぶのはドワーフではなく、獣人系の魔族たちだ。

傍らにいるテオが私をかばうように前へ出て、「グルル……」と低いうなり声をあげる。

「聖女様、お守りするっす！」

「ありがとう、テオ。私も手伝います」

聖女のスキルは、他人の攻撃補助にも向いているのだ。

本格的に誰かと戦うのは前世以来で、体の感覚は鈍っているけれど、テオの手助けならできるだろう。

「ついでに、シリルに教えてもらった魔法も試してみましょう」

あれから、私は全属性魔法についてシリルの指導を受けている。

一番得意なのは光魔法だけれど、そのほかの属性の魔法でも簡単なものは使えるようになった。シリルは子どもの頃からなぜか私に甘いので、なにをやっても『すごい』と褒めてくれる。

怪しい集団は、私を見ていっせいに武器を構えた。

いったいなんだというのだろう。

「魔王様をたぶらかす、忌ま忌ましい人間の女め……！　キーランの間者か？　どうやって結界をかいくぐった⁉」

ひとりが、憎々しげに私を睨んで口を開く。

「あらあら、そういう口ですか」

テオもそうだったが、若い魔族の間では私の前世の行いについて知られていないケースが多い。だから、魔王のそばに侍《はべ》る人間に不快感を示す者がたまにいるのだ。

長年にわたるキーランをはじめとした人間の国のおかげで、モフィーニアの魔族は人間を嫌っている。

だいたいは嫌みを言われる程度なのだが、目の前の集団は血の気が多い。

「結界を突破する人間など、見過ごせるわけがない！　今、ここで消えてもらわなければモフィーニアの新たな脅威になる！」

「いや、その結界、私が張ったんですけど」

「ふざけるな！　この期に及んで戯れ言をほざくとは！　伝説の聖女様は百年前にお亡くなりになったのだ！」

「ですよねー。信じるわけないか……はぁ」

ここは、正当防衛させていただこう。

彼らの一部は早くもテオに殴りかかっているし、話し合いができる空気ではない。

「ええと、初級の木の魔法！」

私が魔法を使うと、男たちの足もとの地面が割れ、木の根がうにょうにょと生え始める。

根っこに足を取られた彼らは、次々にその場で転び始めた。

起き上がろうにも、根っこに絡まって身動きが取れない模様。

「聖女様、助かるっす！」

木の根の上を器用に移動するテオは、敵意を隠さない魔族たちを素手で殴って昏倒させていく。

「そぉれ、初級の雷魔法！」

残りの魔族は雷魔法でしびれさせた。

騒ぎに気づいて駆けてきたパトロール中の兵士に、テオが魔族の集団を引き渡す。

そして私はテオに担がれて、さっさと魔王城へ帰還したのだった。

城に戻るとすぐ、連絡を受けたシリルが転移陣で一階まで移動し、入口へ駆けてくる。彼の顔は蒼白だ。

「エマ！　ケガはない!?　怖かったね、もう大丈夫だよ！」

そうして、彼は誰もが見ている前で私を強く抱きしめる。

「……シリル、恥ずかしいのですが」

「聖女の件は広く知らしめているはずなのに、この期に及んでモフィーニアの恩人であるエマに攻撃してくるバカがいるなんて！　ごめんね、僕の力不足だ。もっともっと君の功績を布教しなくちゃ」

「もう十分ですから……」

聖女を神聖視して崇拝する魔族もいるので、心苦しい面もある。

「人間がするみたいに、広場に巨大な聖女像を建設するべきかな。でも、エマが多数の男の目にさらされるのは嫌だ」

「シリル、私は大丈夫ですから。テオが守ってくれましたし」

説得する私の横から、テオも口を挟む。

「俺が守ったというか、聖女様は半分くらい自分で撃退していたっす！　いやあ、強い強い」

その言葉を聞いた周囲の魔族たちは、「おお、さすが聖女様だ！」と、どよめいた。

（ここの人たち、私に甘すぎる）

「とにかく、エマも疲れているだろうから、今日は部屋に戻ろう」

「疲れてはいませんが。そうですね、皆さんに心配をおかけしましたし、戻りましょうか」

テオや周りにいた魔族たちと別れ、私はシリルと一緒に部屋に向かった。

よほど気がかりなのか、シリルは私の部屋にまで入ってくる。

前世で私が死んだせいで、彼にトラウマめいたものを与えたかもしれない。

その罪悪感もあり、こういうとき、私は彼に甘い。

「本当に私は大丈夫ですよ、シリル。どこもケガしていませんし、新しい魔法も試せましたし」

ベッドに腰掛けると、シリルも並んで座り、私の手を取った。

「わかってる、でも怖いんだ。前のときみたいに、知らないうちにエマがいなくなるんじゃないかって。今はこうやって肌と肌を重ね合わせているのに、消えてしまいそうで」

「……言い方」

見目のよすぎるシリルからそういうふうに言われると、微妙な気持ちになる。

少年の頃から、彼は無自覚にこういった言葉を口に出すのだ。

「ともかく、外出時は気をつけるようにしますので」

「うん、僕の方でももっと積極的に動くよ」

彼がそう告げた翌日、国中に〝魔王の傍らにいる人間は伝説の聖女エマの生まれ変わりである。害をなした者は重罰に処す〟という内容のお触れが出た。

それから、私にむやみに絡んでくる者はピタリといなくなったのだった。

魔族たちの本心はどうであれ、襲撃がなくなったのはありがたかった。

＊　＊　＊

キーラン国の王城――その最上階にある王族の私室で、リマは不機嫌に頬を膨らませ窓の外を睨んでいた。

双子の姉、エマが処刑場から逃げ出して数カ月。キーランの王は彼女を探すために国中に捜索隊を派遣した。しかし、いまだに見つからない。

エマのような特徴的な容姿ならばすぐ捕獲されると思っていたが、予想外だ。

「魔族混じりのネズミ女め、いったいどこに潜んでいるの？　さっさと出てきて捕まってほしいわ！　あんなのが姉なんてゾッとする」

エマが聖女の力を使ったという騒ぎのせいで、リマとフィリペの結婚式が延期になってしまった。本来はエマの処刑後にすぐ式を挙げる予定だったが、それがうまくいかなかった上に国王が『聖女を探し出せ』と躍起になっているせいだ。

（邪魔者がいなくなってスッキリしたところで、盛大な式を挙げようと思っていたのに）

いつ使えるようになったのかエマは魔法で空を飛んだし、同じように魔法で襲撃されればばたまったものではない。安全面を考慮してと言われればうなずくしかなかった。

国王や重鎮たちは躍起になってエマを取り込もうと動いている。

しかし、一度あんな目に遭ったエマが、素直に言うことを聞くとは思えない。

無理やり連行し、奴隷のように働かせる気なのだろう。

「犯罪者ならタダ働きさせ放題ね。いい気味」

頬を緩めると同時に部屋の扉がノックされる。

「はい、どなた？」

今のリマは王子妃の扱いを受けている。そんな彼女のもとを訪れる人物は限られていた。扉を開けると、向こう側に第二王子のフィリペが立っていた。

「やあ、リマ。聞いたか？　魔族どもの噂を……」

「いいえ、魔族がどうかしたのですか？」

キーランは魔族の国々と疎遠で、隣にあるモフィーニアとの交流も皆無。

キーランから魔族の国々に向かうには、まっすぐにモフィーニアを通り抜けるしかないが、結界が張られているのでどうがんばっても行けないのだ。

こちらから向こうへ行くことはできないが、その逆は可能。

たまに、魔獣の出る森の辺りで魔族を見かける。

モフィーニアの魔族は結界を通れるが、人間との余計な軋轢《あつれき》を避けるため国境のある森へは近づいてはならない決まりになっている。

だが、時が経つにつれてその効力は薄まり、最近では森の近くの村で魔族の目撃が相次いでいた。国境沿いにある村の人間は、魔族と交流さえ持っているらしい。

どこにでも法を犯す者はいる。噂話もそこから流れたものなのだろう。

「それで、噂の内容はどんなものなのです？」

「妙な話で、百年前に国を救った救国の聖女が生まれ変わって戻ってきたとか。その聖女は、今は魔王に保護されているとかいうものだ」

「なんだか、うさんくさい噂ですわね」

「当初は俺もそう思っていた。しかしその聖女の現れた時期が、エマが逃げた時期と一致しているんだ。聖女の特徴は黒髪に、左右の瞳の色が異なると」

「それって……」

「ああ、聖女の生まれ変わりに関してはともかく、エマがモフィーニアに逃げ込んだ可能性がある。どうやって結界を抜けたのかはわからないが、聖女のスキルを持っているとすれば……」

「早く連れ戻さないと！」

リマは王子に強く訴えた。

「百年前の聖女はキーランを裏切ってモフィーニアの魔王の味方についたという。そのせいで、我が国は痛手を負ったばかりか、二度と魔族たちのいる場所へ侵入できなくなってしまった。今回もエマを見逃せば、どんな被害が出るか……」

「その通りですわ。さらに、国王陛下は聖女の力を必要としておられます。早くエマを捕らえて差し上げなければ。けれど、モフィーニアにいれば呼び出すのは難しいですわね」

「俺にいい考えがある。実は国境沿いに現れた魔族を根こそぎ捕らえたんだ。そいつらを使ってモフィーニア内へ侵入させ、聖女を連れ戻せばいい」

「でも、どうやって？　魔族が素直にこちらの言い分を聞くとは思えませんわ」

「方法ならあるさ。最悪、〝隷属印〟を使えば命令を聞かせられる」

隷属印とは、過去に召喚された異世界人の錬金術師が開発した道具のひとつで、相手の体に印を刻み、強制的に隷属状態にできるというもの。

印を押された人間や魔族は、命令に逆らうと苦痛を受け、最悪死に至るという恐ろしい作用を持つ。この隷属印はひとつしかなく、現在王家にて保管されていた。

今でも、言うことを聞かない相手に使用するらしい。

「さて、俺は父上のもとへ向かう。リマはなにも心配しなくていいぞ」

「頼もしいですわ、フィリペ様」

うふふと笑いながら、リマは心の中で歓喜した。

これであの目障りな姉は一生奴隷の立場だ。

(思う存分こき使ってやる)

きっと、素晴らしい鬱憤晴らしになるだろう。

にんまりと口もとをつり上げたリマは、朗らかに未来の夫を見送るのだった。

# 四　聖女食堂と魔王の求愛

二度目の人生で、魔王城での暮らしにも慣れてきた私は、食堂を本格的に営業し始めた。

まずは座席を絞っての営業だ。なんせ従業員が足りないので！

ありがたくも、護衛のテオは食堂のホール係として働いてくれている。

テオはとても器用な魔族で、大抵のことはできてしまうのだ。下級魔族だった頃、様々な場所で手伝いをしていたかららしい。

すっかり餌づけされた小さなモフモフたちも、テオや私を助けてくれた。

聖女食堂の開店時間はお昼と夜で、空いている時間は料理の下ごしらえをし、足りない食材を補充する時間にあてている。

その時間設定の方が、魔王城で働く魔族たちの生活スタイルに合っていた。

常連さんは前世からの知り合いが多い。

魔族は長命だけれど気まぐれだから、魔王城の人員の入れ替わりは激しいという。

それでもシリルの治世では、仕事の継続率が上がったのだそう。

まだ若い彼を見守りたい魔族や、大規模な争いのあったモフィーニアを立て直したいと思った者が多かったからだ。

「聖女様、今日も来ちゃいました！」

衛兵の皆さんは、毎日のように聖女食堂へ来てくれる。彼らの目的はお得なランチだ。

お昼は日替わりメニューを三種類、そして定番メニューのトマトパスタと親子丼とカツ丼を作っていた。

日替わりメニューは、多めに手に入った食材を中心にボリュームたっぷりのおいしいおかずと、ご飯やパン、スープ類をセットにしている。

私はキッチンを忙しく動き回った。

大きめの鍋の中では、温かなお芋の味噌汁が湯気を上げている。味噌は前世で用意したもので、それを城の料理人たちが真似して作っていた。

（ああ、ありがたい。私が前世で作った料理を引き継いでくれたなんてのね）

作るのに時間のかかる調味料は、ストックがあると大変助かる。

お昼は常連さんでいっぱいだけど、それ以外の時間は空いていることが多い。新規のお客さんが少ないためだろう。

でもひとりで営業するには余裕があって、それでもいいように思えた。

今世はのんびり好きなことをするのだ。

「聖女様、親子丼とカツ丼がひとつずつ、鶏南蛮定食がふたつっす！」

「はーい。鶏南蛮は売りきれそうですね……予想外に人気です」

私はホール係のテオに鶏南蛮がラスト二食だと伝えた。

「それじゃあ、次の客にはほかのメニューを勧めてみるっす。こっちのパエリア定食もうまいけど、なじみのないやつも多いからな」

「前世では出していませんでしたっけ。レシピに残っていないので……調味料不足で作れなかった料理かもしれません。前世は昔は今ほど食材が豊富ではありませんでしたから」

これからも、作ったものは細かくレシピに残すようにしようと思う。そうすればまた誰かに料理を引き継げるかもしれない。前世のレシピがまさか今も伝わっているなんて思わなかったから、百年後に自分の料理が広まっていることを知ってうれしかった。

城の上階にあるレストランの料理人たちにも感謝したい。

店に余裕が出たので、私は空いている時間にクッキーを焼いて配ったり、仲がよくなった魔族に差し入れを持っていったりした。魔王城ライフは楽しい。

途中でシリルが自分にも差し入れが欲しいと駄々をこね始め、彼のところにもお菓子を運んでいった。周囲の魔族が国王最優先で持っていけと言うから……。

「お世話になっている身だものね」と答えると、「そういう意味ではないのですけれど」と曖昧な返事をされる。

なんにせよ、差し入れを喜んでもらえてよかった。シリルだけでなく、彼と一緒に勤務しているアルフィもうれしそうだ。

しばらくすると、どういうわけか聖女食堂のお客が倍増した。今度はこれまで来店しなかった魔族たちが多い。

「試食品のお菓子や差し入れを食べた魔族たちが、聖女様の料理に魅了されて押し寄せてきたっす！」

忙しそうにホールを動き回るテオが教えてくれる。

おかげで聖女食堂は大繁盛し、私は忙しく料理を作り続けることになった。

聖女食堂は、今までにないくらい大賑わいだ。

「それにしても、人手が圧倒的に足りないですね」

厳しいのは、全員分の料理をすべて私ひとりで作っているという現状だ。

モフモフは多いけれど、彼らに料理はできない。

下級魔族にできるのは、ホールで働くテオの補助や皿洗いや掃除くらい。

下ごしらえはテオに手伝ってもらえるけれど、開店時間中は私ひとりでキッチンを回さなければならない。

（せめて、料理できる人がもうひとりいれば。いやでも、こんなのキーランにいた頃に比べると、どうってことない。気合いを入れなきゃ！）

あの頃は地獄だった。だから今、みんなに喜んでもらえる仕事ができるだけで幸せだ。

弱音を吐く自分を叱咤しながら、私は定食を作り続ける。それでも、混雑時にお客さんを待たせるのは申し訳なかった。

ようやくお昼の開店時間が終わる頃には、もうヘトヘトだ。

今世の実家でこき使われていたので、自分は体力がある方だと思っていた。

しかし、食事も最低限しか与えられなかった獄中生活のせいで、思ったよりもひ弱になっていたらしい。

「お疲れさまっす！　最後のお客を見送りましたよ」

「ありがとうございます、テオ。さあ、まかないを作りましょう」

まかないの言葉に、テオはもちろん、小さなモフモフたちも喜んで集まりだす。

「さてさて、本日の残っている食材は海鮮類とパン。お客さんがご飯派に偏ったのか、パンが少し多めですね——アヒージョでも作りましょうか」

テオたちは皆、不思議そうに首をかしげている。

(前世で作らなかったっけ？)

「あまっている野菜や海鮮の下処理をして……」

鍋にオリーブオイルをたくさん入れ、にんにくと鷹の爪を投入。香りが出てきたら、キノコやエビなどの海鮮を入れて弱火で加熱。

もともとモフィーニアでは珍しかったオリーブだが、百年の間に栽培数を増やしたようだ。

カウンターには、モフモフたちがワクワクしながら集まっていた。

しばらくして食材に火が通ったら、野菜を入れて塩や胡椒で味つけをして完成！

いくつかの皿に移し替え、テオが火を通してくれた温かいパンを添えてカウンターテーブルに置いていく。

瞬間、モフモフたちが皿に群がった。

おいしそうにアヒージョを頬張る四足歩行のモフモフは、口で器用にパンをオイルにつけて食べている。不器用な子のために具材を取り出したバージョンも用意していたが、必要なかったかもしれない。

「聖女様、うまいっす！　にんにくがたまらないっすね！」

にんにくファンは多く、かくいう私もそのひとりだ。

（モフィーニア産のにんにくは前世のものより匂い控えめなんだよね）

「それじゃあ、私も食べましょうか」

席に移動しようと一歩を踏み出したところで、ぐらりと体が傾《かし》いだ。

「あ、あれ……？」

視界が揺らいで、足に力が入らないまま崩れ落ちていく。心配そうなテオに「聖女様？」と呼びかけられたのを最後に、私は意識を手放した。


目覚めると、私は自室に戻っていた。

窓の外は暗く、もう夜になっている。食堂の開店時間は過ぎているので、今日の営業はできなそうだ。

起き上がろうとして、すぐそばに誰かがいると気づいた。

「エマ、よかった。目が覚めたね」

「……シリル」

私の部屋の中まで入ってくるのは彼くらいだろう。

「魔王城の医者は、過労から倒れたのだろうって言ってた。ここのところ、忙しく働いていたんだって？」

「自分の体力のなさが嫌になります」

「過労を侮《あなど》ってはいけないよ、今日は休んで。食堂の片づけはテオたちがやってくれたから」

無理をして食堂に戻っても迷惑をかけるだけなので、私は素直にうなずいた。

（復帰したら、皆にお礼を言わないと）

「ごめんね、エマ。少し店を広くしすぎたかな」

「シリルが謝らなくても。素敵なお店を用意してもらって、私は感謝しているんです」

もっと手際よく料理ができればいいのだけれど、ひとりではあれが限界だ。

悩んでいると、シリルが私の方を向いた。

「エマ、僕に考えがあるよ。人手不足を解決できるかもしれない」

「……解決？」

「うん。明日の開店前に食堂へ行くから、期待して待っていて」

得意げに微笑む彼は、なにかあてがあるようだった。

「ありがとうございます」

「愛するエマのためだから、なんだってやらせてほしいんだ」

幼い頃一緒に過ごした私を、彼は家族のように思ってくれているのだろう。

(家族に面と向かって『愛する』と言えるのは、異世界ならではの文化かな?)

「シリルは表現が大げさなんですから。弟みたいでかわいいですけど」

「弟……っ?　どういう意味⁉」

シリルはショックを受けたように目を見開く。

(あれ?　私、なんかまずいこと言った?)

「……エマには何度か『愛している』と告げた覚えがあるけれど、やはり伝わっていなかったか」

打って変わって悲壮な表情になったシリルが、横でボソボソとなにかをつぶやいている。

ややあって、彼は私の肩に両手を置き、向かい合う体勢になった。

「な、なんですか?」

「僕はエマを愛してる。好きなんだ」

「ええと、さっきも聞きました」

「そうじゃない!　ぜんぜん伝わっていないから何度も言うけど、百年前から異性として好きなんだよ!」

今度は私が固まる番だった。

(シリルが、好き？　私を、異性として？)

彼の言葉が呪文のように、頭の中をぐるぐる回る。

「へ……？　嘘……？　ずっとそういうふうに私を見ていたの？　本当に⁉」

たしかに何度か言われた覚えがあるけれど、まさかそんな意味だなんて誰が思うだろう。

(私は彼を弟のように思い続けていたのだから！)

まだ混乱する私に向けて、笑顔の彼がたたみかける。

「冗談でこんな話はしないよ。前世からずっと好き！　できれば結婚したいと思ってる」

「結、婚⁉」

「魔王妃が嫌なら、アルフィに魔王の座をあげればいいし」

「そんな簡単に……！」

(ああ、どうしよう)

目の前の魔王は本気だ。本気で私に異性として好意を抱いている。

前世からシリルを、年の離れた弟として大事に思っていた。しかしその日々は、彼にとっては違う意味を持っていたようだ。

恐る恐るシリルに問いかける。

「あ、あの……」

「ん、なに？」

甘い声音で、とろけるような熱を帯びた視線で、シリルは私を捉える。

しかし現在、私の脳は混乱のただ中にあった。

（なんとかして、気持ちを静めなければ！　今の心を落ち着かせるためには……）

じっとシリルを見た私は、余裕なく口を開く。もう我慢できない。

「とりあえず、シリルを、モフらせてくださいっ！」

「うん？　どうしてそうなるのかな。いや待てよ、この流れ、どう考えても恋愛フラグ？」

ぶつぶつ言いつつ、シリルは椅子から降りて銀狐の姿になってくれる。

「ありがとうございますっ！」

言うやいなや、私は銀狐姿のシリルに飛びついた。

モフモフ、モフモフ、スーハー。

（ああ、落ち着く。シリルもなんだかハァハァしているし、喜んでくれているのかな？）

思う存分やわらかなモフモフを堪能した私は、シリルを抱きしめたまま眠ったのだった。


翌朝、目を覚ますとヒト形のシリルに、私の方が抱きかかえられていた。

美麗なシリルの顔が近い上に昨日の彼の言葉を思い出してしまい、頭の芯が熱を帯びてぼうっとする。自分の心臓がバクバクと高鳴っているのがわかった。

(近い……顔がひっつきそう)

キスができそうなほどの距離で、シリルは静かに目をつむったまま熟睡しているみたいだった。昨日告白されたばかりなので、接し方がわからず戸惑う。

シリル相手にこんな感情を覚えるなんて、今日の自分はなんだかおかしい。

(よし、今のうちに出かけよう。こんな状況でなにを話せばいいかわからないもの)

逃げることに決め、起き上がる。

「ひあっ!」

しかしうしろから細い腕が伸びてきて、私をぐいっと引き戻す。

「おはよう、エマ。いい朝だね、愛しているよ」

(なにか、なにか言わなきゃ)

焦った私は、まずシリルに昨日の答えを伝えることにする。

今感じているドキドキした気持ちは、きっと気のせいだ。ここは断るべきだろう。

「……おはようございます、シリル。昨日の件ですが私、あなたを、弟以外の目線で見ていなくて。だから、結婚やら魔王妃やら、考えられないんです」

「ひと晩にして天国から地獄へ突き落とされた!」

シリルは布団の中へ帰っていったが、数秒でガバッと顔を出す。

「僕はあきらめない。エマより百歳ほど年上なんだから、いつまでも待つよ。君を失うのに比べれば、このくらいどうってことないさ」

シリルは余裕のある大人の男ぶりをアピールし始めた。

しかし、言葉がいちいち重い。

「僕が君を想うのは自由でしょ?」

「ソ、ソウデスネ……」

勢いに押され、片言になってついうなずく。意志薄弱な自分が情けない。

その後、準備をすませた私は、急いで食堂へ向かう。

昨日の件を皆に謝らなければならない。

二階へ到着すると、テオが私を出迎えてくれた。

「聖女様!　もう体調は大丈夫なんすか!?」

「昨日は心配をおかけしました、もう大丈夫です。後片づけができなくて、ごめんなさい」

「そんなのはいいっすよ、チビたちとすぐ終わらせましたし。アヒージョ、うまかったし」

ピョコンと飛び出た耳と尻尾が、彼の声に合わせてピクピク動いている。

(いつかモフらせてもらいたいな。恥ずかしくて言えないけれど)

考えていると、シリルが数人の魔族を引き連れて店に入ってきた。

「エマ、ちょうどよかった。君に紹介したい人がいるんだ。昨日話していた件だけれど」

そう言って振り返るシリルのそばには、ゴツゴツムキムキした体の、背の高いお兄さんたちが並んでいた。

「この方たちは？」

問いかけると、よくぞ聞いてくれたというふうにうしろの魔族たちが動く。

「我らッ！」

「筋肉料理人！」

「ですぞっ！」

それぞれがマッチョなポーズをとりながら自己紹介する。

思わず拍手してしまった。

「この人たちは、魔王城に勤める今の料理長と副料理長、パティシエだ。エマの料理のファンで、前々から君に紹介してほしいと訴えていた。そろそろうるさくなってきたから、連れてきたんだ」

「お会いできて感激ですぞー！　聖女様！」

料理長たちの圧に押されながら、私は「どうも……」と挨拶する。

「エマ、料理長たちが食堂の仕事を手伝いたいと言っているんだけど」

「ありがたいお話ですが、本来のお仕事は大丈夫なのですか？」

「上のレストランは人数がいるからね。交代で回せばいいかなって」

「なるほど……」

「近くで聖女の料理を見て学びたいという者が大勢いて……エマさえよければどうかと思ったんだけど。もちろん、皆、君の指示に従うと言っている」

助っ人が増えるのはありがたい。

でもプロの料理人に自分が指示を出すなんて、恐れ多い気もする。

「手伝っていただけるのはありがたいですが、本当にいいのですか？」

「もちろんです！　聖女様と一緒に働けるなんて！」

筋肉をムキムキいわせながら近づいてくる彼らに対し、私は黙ってうなずくことしかできなかった。

「シリル、ありがとうございます」

「大好きなエマのためだからね。僕は仕事があるから、これで」

ひらひらと、魔王らしく手を振って戻っていくシリル。こういうところは大人になったなあと思う。

こうして聖女食堂に、すごすぎる助っ人が日替わりで来てくれることが決まった。

「では、今日のランチを作りましょう」

本日の助っ人は、料理人たちの中でも一番ムキムキな料理長。

「おお、筋肉がうなりますな！」

趣味は筋トレ、特技は栄養管理。

トレーナーとしてもボディービルダーとしても生きていけそう。

「料理長、こういう食材があれば教えていただきたいのですが……ちくわといって、魚の身をすりつぶし味つけして形成したものです」

私は食堂に置いていたメモに絵を書きながら質問する。

「おおっ！　少し形は異なりますが倉庫にありますぞ、モフィーニアの人気食材ですからな！　いやあ、聖女様もお目が高いっ！」

「あと、この野菜ってモフィーニアで生産していますか？　大根という名前ですが」

「この野菜はないですが、似たようなものなら取り寄せた記憶がありますぞ！　色が紫ですが試してみてください」

これはかなり頼もしい。

小さなモフモフたちも、手伝いをしようと倉庫の前に集まってきた。

「ああ、足もとは危ないですぞ～。こっちへ並んでくだちゃいね～」

……そして、料理長はかわいいものが好きみたいだ。モフモフを優しい目で見つめている。

（同志よ！）

彼らとうまくやっていけると確信する私だった。

料理長たちだけでなく、見習い料理人たちが下ごしらえや洗い物を手伝ってくれるので助かる。座席もフル回転できそうだ。

足もとをウロウロする小さなモフモフたちも、元気に手伝ってくれる。

彼らは日々働く私の癒やしになっていた。

「はぁ、モフりたい……けど、今は料理に集中」

「うむ、集中ですぞ！」

いつの間にかモフモフの数が倍増しているのだけれど……本当に、彼らはどこからやってくるのか。前世から続く謎であった。

それから聖女食堂は料理人たちを交えて営業していくと正式に決まり、私は料理長や副料理長と一緒に試作品作りをしたり、パティシエと一緒にお菓子を作ったりした。

魔王城で長年働く料理人である彼らは、私の知らない料理方法を知っており、モフィーニアの料理や調理方法の知識に長けている。

また、中には街の食堂で経験を積んだ料理人などもいて、モフィーニアの外食事情なども教えてもらえた。

彼らと一緒に料理をする経験は、私の勉強にもなる。シリルに感謝だ。

お客さんも従業員も増え、聖女食堂はますます賑やかになっている。

そんなある日、足りない食材を買い出しにテオとふたりで街へ出かけることになった。

この日作る予定だったメニューの中にピザがあったのだけれど、ケチャップをたくさん作ったらトマトが不足してピザ用のトマトソースが作れなくなったのだった。

というわけで、テオと一緒に近くの市場へ出発だ。

モフィーニアの王都には市場がいくつかある。一番近いのは城下町の中央広場で開かれる市場。規模は中程度で価格は安くないけれど、質のいい商品が多くそろっている。

風魔法で魔王城を抜け、広い庭を通り越して街へ出た。

白と黒の石畳が広がる城下街は活気にあふれている。

街へはたまに出かけるが、すべてがキーラン国よりも圧倒的に綺麗で整備されていた。

キーラン国の道はどこもボロボロのガタガタだ。建物も手入れが行き届かず古くくすんで、噴水も水路も汚く異臭がしていた。ここことは大違いだ。

「さあ、買い物です」

大きな広場にはたくさんの露店が並び、城下町に住む人々で賑わっている。

私たちは、市場の中にある八百屋で無事に大量のトマトをゲットした。つややかに光る真っ赤なトマトはとてもおいしそう。

「聖女様、野菜は俺が魔法で運ぶっす！」

「ありがとうございます」

買い物をしていると、店のおばさんが話しかけてきた。

「そういえば聖女様、聞いたかい？　また森の方で違法に動いているやつらがいるらしいよ」

「違法？」

首をかしげる私に、テオが説明してくれる。

「ああ、キーランとの国境沿いにある森での事件っすね。魔族が結界を抜けて人間の国へ行くのは禁止されているんですが、無視してキーランに出るやつらがいるんすよ。俺も昔は、見つけたら取り締まっていました」

私の張った結界は、人間のモフィーニアへの侵入を防げる。

しかし魔族はいつでも自由に通り抜けができるというものだ。

「キーランに出ても、いいことはないと思いますが」

「好奇心旺盛なやつや武勇伝を残したいやつ、人間の国にあるものに興味を持っているやつ。動機はさまざまっす。キーランは危ない場所だし、人間との余計な軋轢《あつれき》も避けたいところっす」

「そうですよね、百年前のいざこざがありますし。相手はキーラン国ですから、万が一なにかあっても話が通じなそう……」

「でも百年前の争いを体験していない若い魔族の中には、うっかり出ちまうやつがいるっす！」

キーランの体制が昔と同じままなので、見つかった魔族は危険にさらされる恐れがある。

今のところは大きな問題が起こっていないというが、いつなにが起こるかもわからない。互いの国を行き来しないに越したことはないだろう。

「魔王城にはもう伝わっていると思うけれど、結界の外に出た魔族による魔族の誘拐事件が起こったんだよ。あいつら、人間に魔族を売っているらしい」

　私たちの話に、おばさんが補足してくれる。

「本当ですか？」

「ああ、そうなんだよ。魔族が人間の味方になるなんて、前代未聞だけどねえ。まあ、私も直接この目で見たわけじゃない。噂話を聞いただけさ」

「そうですか」

「でも念のため、気をつけな」

「はい、ありがとうございます」

　おばさんにお礼を言ってその場を離れる。

「なんとも不気味な話っすね、聖女様」

「そうですね。仕事が終わってから、シリルにも話を聞いてみます」

　私を含めて自衛できる者はいいが、魔族すべてが戦闘に特化しているわけではない。

　それに、あのかわいくて小さなモフモフ――力の弱い下級魔族たちも心配だ。

「もし、八百屋のおばさんの言っていた内容が本当であれば、キーラン国はいったいなにがしたいのでしょう。魔族なんか誘拐して、どうするつもりなの？」

「人質……とかっすか？　そいつらの命を盾に、うちの資源や食料を要求してくるのかも」

「それは困りますね」

人質を取られるたびに対応していてはきりがない。

私を見捨て、処刑しようとした国キーラン。彼らがいったいなにを企んでいるのか、今の私には想像ができなかった。

＊　＊　＊

その夜、私はシリルの部屋を訪問した。昼間の話が気になったからだ。

彼の部屋の前で立ち止まり、扉をノックする。

「なにもなければそれが一番いいけれど」

あらかじめ食堂を訪れたアルフィに話は通したので、シリルに伝わっているだろう。

すぐに扉が開いて、シリル本人が顔を出す。

「やあ、エマ！　待っていたよ」

笑顔の彼に、部屋の奥にある長椅子まで案内された。

「夜にごめんなさい。どうしても聞きたい話があって、食堂ではほかの人の目があるし」

「まさか、愛の告白？」

「違います」

シリルは無駄にポジティブだ。

「じゃあなに？　アルフィからは話の内容まで聞いていないんだ。エマの相談なら、なんにでも優先して聞くと決めているから」

「いや、そんな決定はしなくていいですけど」

そこで私は市場で耳にした誘拐事件についてシリルに話した。

「……というわけで、その真相を知りたくて。シリルのところにはそういった事件の話はきていますか？」

「わお、タイムリー」

「ってことは」

「きているよ。今日はその対策について話していたところ。調査隊も派遣済み。国境については前々から問題になっていたんだよね。キーランへ抜け出す者を見つけ次第捕らえてはいるけれど、国境全部を常時監視するのは難しいからなあ。壁を作っても、魔法で飛ばれたら意味ないし」

国境の向こう側へ行くのは禁止されているが、人間の恐ろしさを知らない一部の若い魔族は無謀にもキーラン人間の世界へ出かけていく。

そういった者たちは、人間の国にしかない野生植物などを持ち帰って密売していた。見つかれば都度捕縛されていたが、それでも周囲の目をかいくぐって動く者はいる。

これまでは犯罪件数が少なかったので大きな問題にならなかったものの、増えてきているなら対策が必要だ。

「私の張った結界の不備で申し訳ないです。モフィーニアの人々を国に閉じ込めるのもなあと思って、魔族の出入りは遮断しなかったんですよね。今から出られないようにしましょうか」

「駄目だよ！　エマは前世では結界を作ったから死んだんでしょう⁉　そんな危険な案はなしだ！　僕が禁止する！」

「あのときとは状況が違いますし、消耗はしますが死にはしないかと」

「駄目なものは駄目！」

「はぁ……わかりました」

けれど、魔族の誘拐事件が起きているのなら話は深刻だ。

「今、誘拐犯を捕らえようと各地に網を張っている。相手が捕まれば、詳しい事情も判明するだろう。そう何度も事件を起こされてたまるものか」

「シリル……」

こういう姿は魔王っぽくてドキドキする。

「私に手伝える仕事はありますか？」

「今は大丈夫、エマは食堂に専念して。またお昼を食べにいくから。エマの作る料理を食べると元気になるんだ。仕事をがんばろうって思える」

そう言ってもらえるのはうれしい。

「わかりました。でも、困ったら相談してくださいね？」

じっとシリルを見つめると、なぜか彼が真っ赤な顔でもだえ始めた。

「ああっ、かわいい！　上目遣い、反則だ！」

「あの、シリル？」

私に呼びかけられ、シリルはハッと我に返……らなかった。

「自制しようとがんばったけど……僕、もう我慢できないよ。こんなにもかわいいエマが、夜にひとりで部屋にきてくれるなんて。結婚して！」

「……お断りします」

「じゃあ、恋人同士に」

「シリルは魔王なのですから、もっとふさわしい相手がいるのでは？」

「エマがいい！　君は自分の価値をわかってなさすぎる！」

「そんなことないですよ」

シリルの方こそ、自分の偉大さをわかっていないと思う。

百年間モフィーニアを守り続けた優秀な魔王で、魔族たちからの人望も厚い。

私の前ではこんな感じだけれど、普段はもっと冷静で魔王らしいのだとアルフィやテオが言っていた。

それに、シリルは誰もが認める美形だ。きっと女性からの人気も高い。

そしてなによりも、フサフサでサラサラでモフモフなのだ。こんな優良物件はほかにない。

私にはとても釣り合わないのである。

「恋人になってくれるまで部屋から帰さないと言ったら？」

「シリル。前世ならともかく、百歳を過ぎてそんなワガママは認めませんよ」

立ち上がった私は、彼の部屋を出ようと早足で扉に向かう。

「お試しで、お試しでいいから……っ！」

扉を開けた瞬間、シリルが私の腰にすがりついてきた。これが皆から尊敬されるモフィーニアの魔王の真の姿とは……。

「シリル、いい加減にしてください」

「お願いだよ、一生のお願い！」

廊下で言い合いをしているとアルフィがやって来た。まだ仕事をしていたようだ。

「アルフィ、聞いてください。シリルが……」

事情を説明すると、アルフィがあろうことかシリルの味方についた。そこは主の暴走を止める側に回るんじゃないの!?

「エマさん、魔王陛下も真剣なのです。百年以上の片想いなんです！」

「そう言われましても」

「なにも結婚しろというわけではないのです、お試しでいいのでかわいそうな陛下に手を差し伸べてはいただけませんか？　本人も、それで気が済むと思うので」

「お試しとは、具体的になにをすれば？」

「そうですね。一緒にお出かけしたり、一緒に部屋で過ごしたり……ですかね」

「今までと変わらないですね」

それで本当にかまわないのだろうか？

確認しようとシリルを見ると、いつの間にか獣形になった彼が、うるうると赤い瞳を潤ませて私を見上げていた。

「駄目？」

獣姿のまま、キョトンと首をかしげるシリル。

（うう……その姿は卑怯だ。そんなかわいい姿で見つめられると断れない）

さんざん悩んだ末に、私は折れた。

「わ、わかりましたよ。お試しでいいんですね？」

今までと変わらないのだし、難しく考える必要はないだろう。私はシリルの提案を受けることにする。

するとシリルがフサフサの大きな尻尾をブンブン振りながら、飛びかかってきた。

私は体勢を崩し、廊下に押し倒される。

「わぷっ！　シリル、こら、どいてください」

しかし、シリルはベロベロと私の顔をなめ回した。

「陛下、がんばってくださいね！　応援しております！」

アルフィはそう言い残すと、風のように廊下を去っていく。

（ちょっと待って、この困った魔王は、どうすればいいの――!?）

取り残された私は、その後しばらく銀狐姿のシリルにベロベロされ続けたのだった。


翌日、誘拐犯が捕まったとの知らせが入った。

この日は食堂が休みで、私は朝からのんびり魔王城を散歩していた。

手には甘い香りを放つ、焼きたてのアップルパイ。

仕事をがんばっているシリルたちに持っていこうと、朝から張りきって作ったのだ。

一応、お試しの恋人なので。

シリルの仕事部屋を訪れたところシリルとアルフィが会話中のようで、扉の前で立ち止まる。

「……では、犯人は？」

「ひとりは聞き出そうとした途端、なぜか事切れたらしいです。不自然な様子で、毒なども見つからなかったと」

「呪いを使われた可能性があるね」

「はい、その線で調査しているところです。キーランには、過去に召喚した異世界人が作った魔法書物や道具も残っていて、それらは聖遺物と呼ばれているそうですよ。……陛下も、エマさんの着替えを『聖遺物だ』とか言って全部引き取りましたよね。そんな感じかと」

「料理長だって、エマのレシピを聖遺物と呼んでいたけど？」

そこでふたりは部屋の入口に佇む私に気づいた。

「エマ！　会いたかったよ！」

先ほどの真面目な様子とは打って変わって、シリルが満面の笑みを浮かべて駆け寄ってくる。

「お疲れさまです。あのこれ、差し入れです。アルフィもどうぞ」

「わあ、林檎のいい匂いがする！」

「奥で切り分けましょうか。紅茶も用意します」

魔王の執務室の奥には小さなキッチンがある。前世ではなかったので、シリルが作らせたのだろう。

「エマも一緒に食べよう。紅茶は僕が準備するよ」

前世で私の料理を身近で観察し続けていた彼は、簡単な料理なら自分ひとりで作ってしまえる。紅茶を淹れるのも上手だ。

私はサクサクのアップルパイを切ってお皿にのせ、隣の部屋にある応接用の長椅子に座るシリルとアルフィの前に置いた。

「わあ、おいしそうですね。朝から働きづめだったので、甘いものはうれしいです」

アルフィもご機嫌だ。あっという間にアップルパイを平らげた。

「恋人の手作りが頻繁に食べられるなんて、夢のようだよ」

お試しの恋人だけれど、そういう扱いをされるのは照れる。

それでもシリルがうれしそうなので、差し入れを持ってきてよかった。

「大げさですよ。いつでも食堂で料理を出しますから。テイクアウトまでは手が回らないので、こういうのは休日だけです」

「うん、うれしい」

シリルは隣に座る私を抱きしめた。整った顔を近づけてくる彼に間近で見つめられ、自分でも顔に熱が集まるのがわかる。

(どうしたの、私。シリルとくっつくのはこれが初めてではないでしょ?)

自分のことなのに、今の現象が理解できない。シリルは慌てふためく私を気にした様子はなく、いつも通り朗らかだ。

お茶の時間を終え、シリルたちが仕事に戻ると同時に、彼の部下たちが駆け込んできた。

「キーランから寄越された誘拐犯の魔族を、新たに捕らえました。しかし、その……」

執務机に着いたシリルが、赤い双眸を部下に向ける。

「なんだい？　言ってみてよ」

シリルはどこまでも冷静だ。彼を見ていると、かつてのフレディオに通ずるものを感じる。

（やっぱり親子だな……）

シリルに問われた部下は、深刻な表情で続けた。

「実は今回捕らえた魔族と、前回誘拐被害に遭った魔族が同じなんです。被害者が急に加害者になるなんて、意味がわかりません！　話を聞きたいのですが、前のように死なれては困りますし」

話の一部始終を聞いた私は、思わず口を挟んだ。

「あの、私をその人たちに会わせてもらえませんか？」

「えっ……？」

部下の人が驚いたように私を見た後、シリルに視線を移した。

（急なお願いをされても戸惑うよね）

「もし誘拐犯になんらかの呪いがかかっていた場合、私だったら解除できるかもしれません」

今まで使った経験はないけれど、私のステータスには〝解呪〟がある。

しかし、判断を下すのは魔王であるシリルだ。

私も様子をうかがうために彼を見た。

「エマ、僕も一緒に向かうよ。恋人である君に万が一があってはいけないからね」

今日の彼は、いちいち〝恋人〟を強調してくる。

「いや、捕まっている誘拐犯を見にいくだけですけど」

「それでもだよ！　大好きな恋人になにかあったら、僕は、僕はっ！」

「……わかりました。シリルも行きましょう」

私たちは、その場にいる全員で誘拐犯の捕らえられている場所に向かった。

魔王城の端に位置する巨大な牢屋に、大勢の魔族が分けて入れられている。

全員が大人で、若い男女が中心だった。

彼らは一様に苦しげな表情をしていて、なにもしゃべらず不気味なほど静かだ。

「解呪してみます」

私は一歩前に出て、誘拐犯たちの前に立った。

彼らは鉄格子の向こう側にいるので襲ってこない。

そのうちひとりのステータスを確認してみる。

**ジョン（呪い）**
**職業：スパイ（元・密売人）**
**スキル：土魔法（小）**
**耐性：なし**
**備考：国境で荒稼ぎする密売人、隷属の呪いを持つ。**

ステータスの最初に、思いきり〝呪い〟と表示されていた。

呪いの類いなら私のスキルでなんとかなる。

**エマ**
**職業：聖女**
**スキル：結界（特大）、治癒（大）、解呪（大）、鑑定（大）、全属性魔法（大）**
**耐性：魅了無効、支配無効、呪耐性（小）、前々魔王の加護（特大）**
**備考：転生した異世界人、元貴族令嬢**

私の解呪のスキルは大なので、複数人の呪いを同時に解けるのだ。

「解呪！」

彼らの前に立った私は、聖女のスキルを惜しみなく使う。

すると、なにか手応えがあった。

解呪を使うのは初めてだが、彼らの体の一部から黄色い靄《もや》のようなものが吹き出して霧散していく。

「なんだ、あれは……」

シリルの部下たちの間にざわめきが広まった。牢屋番の兵士も驚いている。

そんな中、険しい顔をしたシリルが私に駆け寄る。

「エマ、体調は？　なんともない？」

「え、はい。平気です」

「よかった」

私は誘拐犯たちの方を眺め、彼に伝えた。

「なにか、呪いがあったみたいです」

「僕にも見えた。隷属の呪いだと表示されていたね。本人の意志に反して命令を聞かせる呪いで、人間たちの間に伝わっているものだな」

「シリル、知っているの？」

「うん。過去に異世界人が特別なスキルで作った、隷属の道具が存在すると聞いた記憶がある。命令を聞かない味方の兵士に使うのだと言われていた。さっき話した聖遺物というものだね。当時の道具はほとんど失われたから、今も実在するとは思わなかったけれど」

「不気味な道具です」

私の言葉に、一緒についてきたアルフィもうなずいた。

「まったく、シリル殿下がコレクションしているエマさんの着替えと違い、なんとも不愉快な遺物です！」

「アルフィ、余計なことを言わないで。それに僕がコレクションしているのは着替えだけじゃない。過去のエマの持ち物は全部そろえてあるんだ」

部下の前で問題発言をするシリル。

(あとで着替えは返してもらいたいな)

私は誘拐犯の様子をそっと観察したが、相変わらずおとなしい。

(呪いは解けているのだけれど?)

ステータスを見ても呪いという表示は消えている。

「無理やり隷属させられていたのだとすれば、誘拐犯がどんどん増えていくのにも納得がいく」

「キーラン国は、誘拐してきた魔族に片っ端から呪いをかけたのですね」

「このままでは、ネズミ算式にスパイが増えていくな。キーランに出向いてでも食い止めなければ」

「そうですね。捕まえた魔族に、詳しい情報を聞きましょう」

隷属させられていて情報を口外できなかったとすれば、呪いの解けた今なら真実を話してもらえる可能性がある。

聞き込みには、シリルやアルフィがあたってくれた。

勝手に結界を出た罪をとがめるように、ふたりともピリピリした空気を身にまとっている。

「答えろ。お前たちは誰に命令されて、魔族の誘拐を行った?」

威厳のある声音で語るシリルは、まさに魔王そのものだ。

私が知らないだけで、この百年間で彼は名実ともに魔王にふさわしく成長したのだろう。

(よく考えれば、前世と今世を足した私の年齢よりも年上なんだよね)

しかし、シリルの言葉を耳にした誘拐犯たちは、震えるばかりで誰も口を開かない。

真実を漏らせば死んでしまうとでもいうように首を横に振り続ける。

(だから、呪いは解けていますよー?)

「だんまりか。僕はそれほど気が長くないんだ、呪いで死ぬか僕に殺されるか選ばせてあげよう。そうだな、最初はそこのお前からだ」

シリルは、一番手前にいる誘拐犯の男を指さした。

蒼白な顔の男は地面に膝をついて、ガクガクと震えている。

アルフィの持つ調書によると、彼はこの牢屋に一番長くいる古参の誘拐犯のようだ。

「どうして、どうして、俺がこんな目に」

「知らないよ、結界の外に出たんだから自業自得。さっさと話してくれない? 今日は残業したくないんだけど」

最後にシリルの本音が漏れた。

「十秒以内に選んで。呪いに殺されるか、僕に無残な方法で殺されるかを」

冷徹な美貌を向けてシリルは淡々と話す。

「ひぃぃっ! 死にたくない、死にたくない!」

男は情けない声で叫んだ。

「十、九、八、七、六、五」

「ああぁっ！　言う、言うからっ！　ちょ、待っ……！」

「四、三、二、一」

容赦ないシリルのカウントダウンを聞いて、男の方が音《ね》をあげる。

「キーランの王族だ！　そいつの命令で、変な道具を使って呪いを刻まれた！　隷属の印だと話していた！」

「予想通りか」

「……キーランのやつらは、俺にモフィーニアへ潜入するよう命令してきた。情報収集や魔族の誘拐をさせられていたんだ。逆らえば殺されるし、魔族に情報を漏らしても殺される」

「ふぅん、そうか」

「助けてくれ、魔王様！　俺はっ……被害者だ！　被害者なんだよ！」

大きな声で男が訴えた瞬間、場の空気が凍った。

「は？　被害者？　誰が？」

シリルは真顔になって首をかしげた。

私も思わず息をのみ込んだ。

目がすわった状態のシリルだけでなく、彼の部下たちからも凶悪なオーラが立ち上っている。

「最初に〝結界の外に出てはならない〟というルールを破ったのは誰？　資料によると、君には一度、キーランでしか手に入らない品をモフィーニアで密売した逮捕歴があるね。にもかかわらず、再び同じ罪を犯した」

シリルの口調はあくまで優しく穏やか。でも、背筋が凍るような冷たさをはらんでいる。

「揚げ句、キーランの人間に捕まっていいように利用され、命惜しさに仲間を誘拐し、モフィーニアの情報を横流しし、呪いが解ければ被害者面」

「それは……っ！」

「僕はね、お前のようなやつが嫌いだよ。お前のようなやつをなんと呼ぶか知っている？　売国奴《ばいこくど》というんだよ。命が惜しければ、詳しい話を全部教えろ」

ほかの誘拐犯たちも、魔王の言葉を聞いて震え上がった。

中には、呪いを受けた魔族に誘拐されキーランに連れていかれた被害者もいるのだが、そういった人物はアルフィが部下に命じて別の牢屋に移動させている。

最初に捕まった誘拐犯たちは、我先にと状況を白状し始めた。

「どんどん魔族を誘拐してこいと言われたんだ！」

「モフィーニアの情報を話せって命令された。魔王城の内部情報を欲しがっていたぞ」

「それと、聖女の情報だ！」

「そうだ。やたらと聖女を気にしていた。俺たちも『見つけ次第捕らえろ』と厳命されていた」

私は思わず眉をひそめた。

キーラン国はまだ私を処刑する気でいるらしい。

（二度と戻らないのだから、放っておいてくれたらいいのに）

そっと隣を見ると、シリルが美しい表情を曇らせていた。

「で、君たちは、聖女についてなんと答えた？」

「会ったこともないし、答えようもない。魔王城にいるとしか……」

誘拐犯は焦った様子で答える。

「そうだ。魔王と一緒にいて手出し不可能だと言っただけだ。表へ出てこないなら誘拐のしようがないと……うわぁっ！」

しゃべった男のひとりが悲鳴をあげる。

彼は見えない手に頭を掴まれ、空中に持ち上げられていた。

私はため息をつきつつ、すぐそばの魔王に声をかける。

「シリル……」

「止めないでよ、エマ。こいつらはエマを誘拐する気でいたんだから。私情を抜きにしても、救国の聖女を売るようなやつはこの国に必要ない」

私に向けられたシリルの顔は優しげに笑っている。けれど、彼の声はどこまでも冷たかった。

「僕は魔王として、彼らを処分しなければ」

シリルから不穏な言葉が出たところで、アルフィが止めに入る。

「いけません陛下。もっとしっかりじっくり、こいつらから話を聞き出すのです。皆殺しにするのはそれからでも遅くはありません。エマさんを狙ったのです。生ぬるい最期にしてはなりませんよ！　ビシッと、ビシシシッと殺《や》るのです！」

（駄目だ、火に油を注いでいる！）

それでも、シリルはアルフィの過激発言で己を取り戻したようだ。

部下たちに後を任せ、城に戻る。

「エマ、街へ出るときには僕に声をかけて。君なら自分で自分の身を守れるかもしれないけれど、心配なんだ」

「わかりました」

おいでと手招きされたので素直に従うと、ギュッと引き寄せられ頭をなでられた。

（素直に返事をしたから？）

いつまで経っても手をのけてくれないし、指先がするすると頬を伝い口もとに触れたりで不穏なのだけれども。お試し恋人期間だから恥ずかしさに耐える。

「ううう……」

「エマ、まだ動かないで。僕らは恋人でしょ？」

甘い声でささやかれ、私は気力を振り絞って逃げ出したい欲求に逆らった。なるべく、彼の要望には応えるつもりだ。

前世で死んでしまったせいでシリルには負い目がある。一度に身近な人を失った彼の傷はまだ癒えてはいないのだ。


翌日、さっそく残りの情報を手に入れたシリルの部下が、執務室へ報告に来たらしい。それらの話をかいつまんで、アルフィが私に教えてくれる。

「……というわけで、上級魔族はいませんが、中級魔族や下級魔族は無節操にさらわれているらしいです」

食堂の休憩時間、座席に居座ってまかないご飯を食べるアルフィ。仕事が長引いてランチに間に合わなかったのだ。かわいそうなので、皆の分と一緒にまかないご飯を作ってあげた。

「下級魔族たちは使い物にならないからと、キーラン国内に止め置かれているようですが」

「なんですって！」

あのかわいいモフモフたちがキーラン国にとらわれているだなんて。

すぐにでも助けにいかなければ！

「許せません！」

私は怒りに燃えていた。

一緒に話を聞いていたテオも「ガルル……」となって感情をあらわにしている。

小さなモフモフたちも、心なしか憤慨しているように見えた。

「落ち着いてください、エマさん。敵の狙いはあなたでもあるのです」

「ですが、罪のない下級魔族たちを見捨てるわけにはいきません」

「陛下とも、きちんとお話をしてください」

「……わかりました」

すると、タイミングよくシリルが食堂に現れる。

「シリル、聞いてください。小さなかわいいモフモフ……げふん、下級魔族たちがキーラン国の人間にとらわれているのですよね。彼らを助けにいきたいのです！」

「駄目だ、エマを行かせるわけにはいかないよ」

「もとはといえば、私の処刑が引き起こした災厄です。魔族たちは私の事情に巻き込まれただけで」

そう、私がいけなかったのだ。

記憶やスキルがなかった不安もあるが、弱くて頼りなくて、あんな家族の言いなりになっていた。疑問すら持たなかった。その態度が彼らを増長させていると気づきもせずに。

自分でそこから逃げ出す方法を考えず、言われるがまま家族の命令に従って、王子と双子の妹に簡単に陥れられ、連行されて。

殺される間際まで、おとなしく処刑されようとしていた。

なんて他人任せでバカな人間だったのか。

前世にしてもそうだ。もっと積極的に動けていれば、なにかが変わったかもしれない。

自分の行いのツケを、罪のない下級魔族たちに払わせてはいけない。

シリルがなんと答えようと、私はかわいそうなモフモフを助けにいくつもりだった。

(だって、今度は彼らが処刑されるかもしれない。あんなかわいい子たちを虐待するなんて、許せるわけがない！)

私の決意を読み取ったのか、深刻な表情のシリルが私を呼んだ。

「エマ、ちょっといいかな。執務室に来て」

「わかりました」

私はシリルに連れられ、その場を後にした。

＊＊＊

シリルはエマの手を引いて執務室に向かった。

自室でもよかったけれど、部下からの報告や諸々の作業もあるためだ。

石造りの黒い城の中で、この執務室は比較的明るい色合いにしている。

絨毯やタペストリー、家具もろもろ、エマが来てからこっそり温かみのある内装に変えてみた。アルフィが『人間は明るい色合いが好きと言います。温かみのある部屋にすればエマさんも喜ぶのでは』などと言うので。

「エマ、さっきの話だけど、本当に考え直してほしいんだ。君は隷属の呪いを解くスキルを持っている。……でも、自分自身には使えないだろう？」

聖女の力は、聖女自身にとっては使えないものが多い。治癒も解呪も自分に施せないのだ。

「シリル、私のステータスには〝支配無効〟という項目があります。これがあれば、隷属の印は無効になるのでは？」

「普通はそうだろうね。でも、今回は過去の異世界人が作った聖遺物とやらの力だから……どこまで無効にできるか心許ない。そして君の呪耐性は小で、確実に抵抗できるわけでもない」

異世界人が作った未知の道具だから、通常のステータスで測るのが難しい。

そもそも異世界人自体が、こちらの世界の理屈では判断できない存在なのだ。

万が一の可能性を考え、シリルは慎重になっている。

「僕も行こう」

手を伸ばすとエマが首を振りながら後退したので、思わず彼女の腕を掴み引き寄せた。

「駄目ですよ、シリルは魔王です。失われていい存在ではないです」

瞳を潤ませながら抵抗するエマ。抱きしめて口づけて、安全な城の中に閉じ込めてしまいたい。けれど、責任感の強い彼女がそれをよしとしないと知っている。

聖女の助けがあれば心強いというのも本音だ。

「エマだって聖女だ。こんなバカげた事件で君に取り返しのつかないことが起こっては困る」

キーラン国が聖女の隷属に成功すれば、やつらは嬉々として彼女をモフィーニアへ差し向けるだろう。

エマもその事実に気づいたようで、素直に謝った。

「……すみません、急ぎすぎましたね」

シリルは自分のステータスを確認した。

**シリル**
**職業：魔王**
**スキル：全属性魔法（特大）、鑑定（大）、スキル譲渡（大）**
**耐性：魅了無効、支配無効、全状態異常（大）**
**備考：狐獣人魔族**

支配無効に全状態異常も大。エマより抵抗力がある。

「シリル。それでも、このままにしていれば被害は増える一方です。早く止めなければ」

エマの話はもっともだ。彼女は魔族を巻き込んだ自分を責めている。本当に、まったくキーランは百年経ってもなにも変わらない。強欲で身勝手で、最低な国だ。

「僕はエマの希望に安易にうなずいてあげられない。君を再び失うのは一番避けたいからだ。でも、魔王としての責務もわかっているよ。キーラン側に、なめた真似をした落とし前をつけさせよう」

シリルは覚悟を決めた。

百年前はエマをひとりで戦地に向かわせてしまったけれど、二度と繰り返さない。

今度は自分も一緒についていき、ともに戦うつもりだ。

いや、なるべく戦いをせず、その前に相手をやり込めるのがいい。

その後さんざん話し合い、最後にはエマも折れてくれた。

こうしてモフィーニア側は、キーランにひと泡吹かせる計画を立て始めた。


それから、シリルやエマたちはキーラン国へ向けて出発した。

呪いが解けた魔族に案内を任せ、残りの魔族が捕らえられている場所を目指す。

「王城に皆が捕まっているのですね？」

「中級以上の魔族は、呪いを施されてモフィーニアに送られます。しかし、捕まってしばらくは下級魔族たちと一緒に城の牢屋にいるはずです」

エマの問いかけに、案内役の魔族が答えた。

「わかりました、急ぎましょう。まず、私が向こうと交渉します」

うまくいかない可能性が高いが、話し合おうとする姿勢が大事なのだ。

おそらく、魔族とエマを下に見ているキーランの者たちは、乱暴な方法でこちらを捕らえようとするだろう。

エマだけでなく、ほかの魔族にも攻撃するに違いない。

高慢な彼らは、魔族側の主張には耳を傾けないのだ。キーラン国が攻撃してくれば、モフィーニア側が反撃できる口実ができる。

「やり遂げなくてはいけないね」

面倒ごとは手遅れになる前に片づけて、今世こそはエマに食堂で気兼ねなく料理を作ってほしいから。

そのためにも、シリルは精いっぱいがんばろうと思った。

# 五　聖女と魔王の作戦始動！

第二王子フィリペの婚約者になったリマは、勉強も兼ねて王城で過ごし始めていた。

いずれは王太子が王位を継ぐため、フィリペは公爵になる。そのタイミングで城を出て公爵夫人として生きていく予定だ。家族もリマを応援していた。

リマの人生は順風満帆である。双子の姉さえいなければ。

「あいつ、早く捕まらないかしら」

せっかく望みが叶うのだから、憂いなく完璧な状態で結婚したい。

考え込み、しばらく経った頃。ついにエマがモフィーニアに送り込んだ魔族に捕まったという知らせが入った。

「あはは、バカな女。顔を拝みにいってあげましょう。それにしても笑えるわ、適当に魔族とつながっているなんて罪をでっち上げたけれど、まさか本当に魔族のところにいたなんて！私、天才じゃないかしら？」

エマは国王に呼ばれているようなので、フィリペに頼んで同席させてもらおうともくろむ。

「いいですわよね、おもしろいものが見られそうだし？」

魔族のような見た目のくせに、図々しくも侯爵家に居座って、長女というだけで第二王子の婚約者の座を奪った女。ずっと、大嫌いだった。

第二王子はリマが奪い返してやったし、侯爵家からも追い出してやったけれど。

（どこまで落ちぶれるのか見てみたいわ）

国民から巻き上げた税金をつぎ込み、豪華さを保っている謁見室には、国王と第二王子のフィリペ、リマの家族もそろっている。

そんな中を、兵士たちに引き立てられ、うしろ手に縛られたエマがうつむきがちに進んでくる。

もっと落ちぶれているかと思ったけれど、寄生先がよかったのか、以前はガリガリだった体に肉がつき、服だって並の貴族よりいいものを身につけている。

リマはなにもかもおもしろくなかった。

(呪われた娘のくせに！　生意気なのよ！)

兵士に押さえられ、赤い絨毯の床に膝をつかされたエマを見て、国王のそばにいたフィリペが噛みつく。

「この国賊が！　手間をかけさせやがって！」

今にも走りだし、エマを切りつけそうな勢いだ。

フィリペは地位も金も持ち、容姿の優れた相手だけれど、少し頭に血が上りやすいところがある。ただ、リマには優しい。

「これこれ、騒ぐでない。捕まったのだからそれでよかろう」

第二王子をなだめた国王が、厳かな口調でエマに話しかける。

「エマ・ゴールトン、そなたが聖女ではないかという意見が出ておる。それは、本当なのか？」

問われたにもかかわらずエマは口をつぐんだ。反抗的な態度で生意気である。

「処刑場で結界を張って逃げ、高度な魔法で空を飛んだという報告もされている。また、辺境のスラム街で光魔法の使用も報告されている」

エマは下を向くばかりで答えない。

リマは真っ赤な絨毯の上を移動してエマに近づき、彼女の頬を強く打った。

「さっさと答えなさい、陛下がお尋ねになっているのよ？　このグズ女！」

続いて、ひざまずかされた細い背中を容赦なく何度も踏みつける。

エマに使用人の真似事をさせていたときも、同じように彼女を足蹴にしていた。

双子の姉は、どれだけ痛めつけても反抗しない、反抗できない。

十七年間一度も、リマにやり返さなかった。そういうふうに育てられていたのだ。

(エマなんて、怖くないわ)

ここで国王に協力しておけば、リマの株が上がるというもの。

「結界なんてスキルを持っているくせに、どうして今まで黙っていたのよ？　私たちを欺くのがそんなに楽しかった!?　どうせ、心の中でバカにしていたんでしょ！」

怒鳴っていると、脇に控えていたリマの両親も一緒になってエマを糾弾し始めた。

「そうだ！　侯爵家に置いてやった恩も忘れて……いかにも魔族らしい真似だな！」

「まったくその通りだわ！　おかげで、母親なのになにも知らないと恥をかいちゃったじゃないの！　どうしてくれるのよ！」

両親の声で勢いづいたリマは、エマの髪の毛を掴み上げて勝ち誇った声をあげる。

「さあ、早く陛下の質問にお答えするのよ！」

痛みに顔をゆがめたエマは観念したのか、ようやく首を縦に振った。

（さっさと白状すればいいものを。手間をかけさせないでよね！）

リマが手を放すと、地面にぐしゃりと丸まりながら、エマが話し始める。

「……私の職業は……聖女、です」

「やはりそうか！」

エマの答えを聞いて、国王がギラリと目を輝かせる。

「して、なにゆえ今まで黙っていた」

「自身のステータスが見えなかったからです。処刑される直前まで、私の職業はおろか、スキルさえ表示されませんでした」

離れたところから、リマの両親とフィリペが「嘘をつくな！」と怒鳴っている。

「私たちを騙して嘲笑っていたのね！　この期に及んで嘘をつくなんて、双子の姉ながら浅ましいったらありゃしないわ」

全員でエマを糾弾していると、タイミングを見計らったように国王が部下の役人に命令する。

「例のものを持ってくるのだ」

「かしこまりました」

しばらくして、部下の男が金色に輝く棒を持ってきた。

リマの腕くらいの長さがあるそれは、過去の異世界人が作った特殊な道具、隷属印だった。

百年以上前に作られたもので、聖遺物として王宮に保管されている。

不思議な力が宿った棒を対象者に向けると、隷属の魔法が発動するのだ。

魔法を受けた者は体に印が浮かび上がり、道具を持つ者の命令に従わなければ死ぬという呪いにかかる。

道具を使って国王たちは捕らえた魔族を意のままに動かし、さらに多くの魔族を誘拐させた。

これでモフィーニア中にキーラン国の息がかかった者を送り込めると喜びながら。

昔は、国境を越えてキーランに入る魔族はいなかった。

けれど百年も経って警戒が薄れたのか、バカな魔族が姿を現すようになった。

おかげで魔族をとらえた国王やフィリペの機嫌はいいし、エマを捕まえることもできた。

誘拐した魔族の中には獣姿のものも混じっていたが、そちらは使えそうになかったのでまとめて牢屋に閉じ込めた。

凶暴な虎や狼の姿ならともかく、子兎や子猫、子犬や子豚では役に立ちそうにない。

国王は棒の先端をエマへ向けた。

「聖女の力、我が国のために活用してやろう。ありがたく思え」

棒の先端が光り、魔法陣のような模様が浮かび上がる。

まっすぐに伸びた光がエマに到達しそうになったそのとき、国王が「痛いっ！」と悲鳴をあげて棒を落とした。カラカラと音が鳴って、棒が床を転がっていく。

「陛下！　どうされました⁉」

「何者かが私の手を払ったんだ！」

「し、しかし、誰もいませんが……」

謁見室がにわかに騒がしくなる。

たしかに、国王の近くにいるのは役人とフィリペだけで、ほかの者は見あたらない。

（となると……）

「エマ、あんたがやったのね！」

「えっ？」

「とぼけんじゃないわよ！　この中で、得体のしれない魔法を使えるやつなんてあんたしかいないのよ！　もういいわ、私が隷属印を使ってやる！」

国王の落とした道具を取りにいこうと辺りを見回すが、どこにもそれらしきものはない。

「あら、どこへいったのかしら」

広い謁見室には壁際のカーテン以外に障害物はない。

（床に落ちたら、すぐにわかるはずなのだけれど）

やっぱり金色の棒は見あたらない。もしかしてと思い、エマを振り返る。

「エマの仕業でしょ！　どこへ隠したの！」

睨みつけると、エマは困ったように眉尻を下げた。

「まさか。押さえつけられて、ここから一歩も動けないのに？」

落ち着き払って冷めた眼差《まなざ》しが、いつにも増してリマのかんに障る。

「あんたがおかしな力を使ったに違いないわ！　魔族のスキルでも使ったんでしょ！」

「私は人間ですし。魔族もそれほど万能ではないのですが……」

「片眼の赤い呪われた娘が、人間のはずないでしょう⁉」

「ですが、長い歴史をたどっても、魔族から聖女が出た記録はないらしいので」

「うるさい、生意気よ！　エマのくせに。黙りなさい！」

再びリマが手を振り上げた瞬間、謁見室の扉が大きな音を立てて開け放たれた。

続いて、麗しく澄んだ男性の声が響くいた。

「そろいもそろって、ここはクズの巣窟だね」

驚いたせいで、リマは手を上げたまま動きを止める。

現れたのは、銀髪に赤い目をした、フィリペなんて目ではないくらい絶世の美男子だった。

（どうしよう、魔族なのに格好いい）

リマは昔から見た目のいい異性が大好きだ。

「エマ、もういいよ」

美青年がエマに話しかけると、エマの体が光って彼女を押さえつけていた兵士が壁まで吹き飛ぶ。

「なっ……!?」

目の前の恐ろしい光景を見て急に怖くなったリマは、自分まで吹き飛ばされてはかなわないと足を後退させた。

「なんなの、なんなのよ、あんた……！　なにをしたのよっ！」

エマは無言で立ち上がり、服についた汚れを払う。双子の姉が得体の知れないものに見えた。

「なんか言ったらどうなのよ！」

「……今のはただの光魔法と風魔法です。飛ばされた人は気を失っているけれど、死んでいないから大丈夫」

「大丈夫じゃないわよ！　ふざけないでよね！　なんで私に反抗するの？　どうして刃向かうのよ！　私は未来の公爵夫人よ!?」

今の状況は、リマの理解の範疇を超えている。

「どうしてと言われましても。逆に聞きますが、リマこそなぜ、自分がしてきた行動をやり返されないと思えるんですか？」

エマの片眼が赤く妖しい光を帯びる。

「ひっ……！　嫌っ……！」

リマは息をのんで、弱々しく首を横に振った。

今までさんざんエマを虐待してきたけれど、まさか彼女が反撃してくるなんて思ってもみなかったのだ。

＊＊＊

混乱が広がる謁見室の中、拘束を解いた私はシリルを振り返った。

「キーキーと、うるさい人間だな」

リマの声を聞いたシリルが不快そうに眉をひそめる。

「エマに危害を加えて……ただで済むと思うな」

いつも穏やかなシリルらしくない、低くて険しい声だった。

リマは私の魔法に脅えたのか、声も出せずに震えている。

謁見室の最奥では、国王やフィリペが、奥に控えた兵士を呼び出していた。

「あの者たちを捕らえるのだ！　不敬である！」

まだ金の棒は見つかっていないみたいだ。それもそのはず。棒は今、シリルの足もとにあるのだから。

正確には、子犬姿の下級魔族が口にくわえている。小さなかわいいモフモフは、うれしそうに尻尾を振りながらはしゃいでいた。

これらはすべて、私やシリルの想定内。

出発前、私はシリルやアルフィと一緒に、誘拐された魔族たちを取り戻す計画を立てた。

シリルは私のキーラン行きに反対していたけれど、粘り強く説得した結果、最後は意見を受け入れてくれた。

その代わり、私はモフィーニア側が決めた作戦通りに動く必要がある。

今回の作戦は、誘拐犯にさらわれ呪いをかけられていた魔族に協力してもらい、私が捕まったふりをするというものだ。

私を城へ連れてきた誘拐犯役の魔族は、すでに呪いを解いてある味方で、緊張しながらキーラン国の言いなりになっている演技を続けた。

キーラン国の兵士に私を引き渡した後は、牢屋にシリルたちモフィーニアの魔族を手引きしている。

シリルたちは捕らわれた下級魔族の救助にあたり、その後は謁見室の前に隠れて待機していたというわけだ。

「シリル、下級魔族たちは？」

「全員無事だよ。捕まっていた者は皆解放したから」

「よかった」

実はリマにはたかれたり家族や第二王子に暴言を浴びせられている間、シリルが飛び出してきやしないかとヒヤヒヤしていた。

別に飛び出しても問題ないけれど、それでは計画の遂行が困難になる。

隷属印……金の棒を確実に奪う必要があったので、向こうが持ち出してくるまで私はあえて抵抗せずに待っていたのだ。あの人たちのことだから、絶対に私に使ってくると思った。

国王が金の棒を手にした瞬間、それをはたき落としたのはリマの言っていた通り私だ。風魔法を調節して使い、彼の手から道具が離れるようにした。

けれど、その後棒を奪ったのは私ではない。小さな子犬姿のモフモフだ。

下級魔族は姿こそ小さな動物だけれど、私たちの話している言葉は理解できる。

子犬姿の魔族は仲間を救出するため、私たちの作戦に協力してくれた。

だからシリルに連れられ、謁見室の扉の隙間からこっそり中へ侵入し、玉座へ向かったのである。

小さなモフモフは部屋の隅にあるカーテンに隠れながら、無事玉座の近くへ到達した。

そして、私が子犬に向かって魔法で棒を落とした瞬間にそれを拾い、すばやく玉座のカバーの中へ潜り込んだ。

私が周囲の注目を浴びている間に、子犬はカーテンの中に戻り、布と壁の間を進んで扉を開けたシリルのところに戻った。

「大活躍したあの子には、あとで特別なごちそうをたくさん作ってあげなきゃね」

子犬はシリルに金の棒を渡し、ナデナデされている。

拘束を解いた私も、お利口な子犬を抱き上げてヨシヨシした。

「皆で立てた作戦は大成功ですね」

「エマ、さっさとここを出よう。こんな場所は君にふさわしくない」

「はい、シリル」

モフィーニアの結界さえ越えてしまえば、キーラン国は私たちにいっさい干渉できない。

さっさと帰ろうとしたが、うしろから声がかかった。

「ふざけるな！　なにを勝手に帰ろうとしている！」

顔を真っ赤にさせた第二王子のフィリペだった。彼は玉座のそばからリマの近くまで駆けてきて、私とシリルを睨みつけた。

「そこの者たちを捕らえよ！」

王子の言葉に突き動かされたように、国王が声を張り上げる。

ハッとして動きだす兵士たちは、しかし私の風魔法で全員吹き飛ばされ、最初に飛ばされた兵士と同様、壁とお友達になった。

「くっ！　呪われた娘め！　やはりあのとき処刑しておくべきだった」

「おい、ほかの兵士はまだか！　早く謁見室に集まらせろ！　呪われた半魔族の化け物を捕らえるのだ！」

国王と第二王子は憎々しげに顔をゆがめた。私の元家族は、怪物でも見るかのように私から距離を取っている。

「私は人間ですし、呪われてなんかいません」

記憶が戻ってからずっと不本意に思っていたので、この機会に訂正しておこう。

「これは呪いではなく、大切な友人が送ってくれた加護です」

フレディオが私にくれた、新しい人生。半分赤くなった瞳だけれど、魔族の仲間に入れたようで私はうれしい。

「エマ、こいつらと話しても無駄だよ。行こう」

「はい……」

さっさと退出しようとしたところ、王子の腕の中からリマが走りだしてきた。

ぎょっとして思わず足を止める。

リマはそのまま私を無視してシリルに走り寄り、彼の腕を取った。魔王に近づくなんてなにを考えているのだろう。

「あ、あの……」

リマはモジモジしながらシリルに話しかけるが、シリルは冷たく彼女を見下ろすだけだ。

「あなた、エマやほかの魔族に騙されているわよ？」

「……は？」

シリルは心底軽蔑した眼差しでリマを睨みつける。彼のこんな顔は初めて見た。

「こんな女と一緒にいなくていいわ。私が特別に取り計らってあげる。あなたは魔族だけれど、見た目だけはいいもの」

「エマ、この女、なに言ってるの？」

「ごめんなさいシリル。私にもよくわからない」

困惑する私たちを気にせず、リマはひとりでしゃべり続ける。

「ねえ、私の専属執事にしてあげる。エマを捨てて私に仕えられるなんてうれしいでしょう？私は異世界人の血を引く由緒ある貴族の娘なのよ？」

シリルにベタベタと触るリマが不愉快だ。魔王である彼に気安く触らないでほしい。

「エマ。こいつ、なんでこんな上から目線なの？　どうしてこんなにも、自分に都合のいい解釈ができるの？」

「理由はとくにないけれど、昔からそうなんです」

子どもの頃から尊大な態度のリマは、周囲が甘やかすせいもあり自分に絶対的な自信を持っていた。

急にシリルに近づくというリマの奇行には、フィリペですら目を丸くしている。

「リマ、やめるんだ！　魔族に近づくのは危険だ！」

「エマさえなんとかすれば大丈夫ですわ」

なにが大丈夫なのだろう。

（リマが執事に勧誘しようとしている相手は、モフィーニアの魔王なんだけど）

知らないにしても、リマの行動は問題がありすぎる。

今回ばかりはフィリペが正しい。

「早くエマから離れて。聖女は魔族にとって危険な存在なの。ひどい目に遭わされるわ」

リマは特大のブーメランを放ってきた。

（……もうすでに、魔族はキーラン国にひどい目に遭わされています）

まだあきらめないリマは、なんとシリルの腕に胸を押しつけてすがりついた。命知らずにもほどがある。

「ねえ、お願い。あなただけは助けてあげるから」

シリルは無表情のままリマの手を振り払った。

「触るな」

そう言ってシリルは金の棒を取り出し、それを容赦なく起動させた。リマの額に隷属印が刻まれる。

「ひっ……！」

ようやく事態に気づいたリマが、ぺしゃんとその場に尻餅をついた。

「金輪際、エマに近づくな」

それだけ命じると、シリルは次々に謁見室にいた人間へ隷属印を刻んでいく。

「ひいっ！　やめろっ！」

「なんでよ。なんで、わたくしまで！」

私の元家族は謁見室を逃げ出そうとしていたけれど、間に合わず隷属印の餌食になった。

「兵は、兵はまだかっ！」

国王は為政者《いせい》の仮面をかなぐり捨て、慌てふためいている。

残念ながら兵士は来ない。外で仲間の魔族たちが食い止めてくれているからだ。

シリルはついに、フィリペや国王にも隷属印を刻みつけた。やりたい放題している……。

「お前たちも、二度とエマに関わるな。そしてすべての魔族を傷つけるな。我が国に敵対しなければ命までは取らない。しかし、我々を害そうとすれば、呪いにより命を失うだろう」

国王は「不敬だ！」と言って顔を真っ赤にさせていた。

「不敬なのはどちらだか」

シリルがため息をつくと同時に、扉からアルフィとテオが入ってくる。

新たな魔族の登場で、謁見室は恐慌状態に陥った。

「お待たせしました、シリル陛下。キーラン城の兵士たちは全員鎮めましたよ」

「鎮めたというか、床で伸びているというか。聖女様、無事でよかったっす！」

アルフィの陛下という言葉に、謁見室がシンと静まりかえる。

そういえば、シリルは名乗っていなかった。

今さら気づくなんて、私もかなり緊張していたようだ。

「……陛下って？　魔族が陛下と呼ぶ相手なんて、魔王くらいなんじゃ」

「嘘だろ。こんなに若いのか？　俺と同じくらいの年齢じゃ……」

フィリペとリマがそろって床に尻餅をつき、シリルを見上げながら震えている。

若く見えるだけで、シリルは百歳を過ぎている。就任当初は十代だったから魔王のキャリアは相当なものだ。フィリペやキーラン王よりずっとしっかりしていると思う。

シリルは興味なさげに金の棒を眺めていたが、やがてなにかを決意したようにつぶやいた。

「そもそも、こんなものがあるからいけないんだよね。よし、魔族の脅威は破壊しよう」

言うと、シリルは止める間もなく金の棒を真っぷたつに折ってしまった。素手で。

「シリルー!?」

「これでエマが呪いにかけられる心配もないね。安心、安心」

「聖遺物、壊しちゃいましたね……」

「こんなもの、聖遺物でもなんでもないよ」

「いや、あなたがこっそり保管していた私の着替えよりよほど聖遺物らしいと思いますよ」

破壊され床に落ちた金の棒は、シュウシュウと音を立てて白い煙を出し、やがて消し炭のような真っ黒の塊になった。その塊も崩れてサラサラの砂のようになり、謁見室の絨毯を汚す。

「アルフィ、聖遺物を破壊したら、命令の効力ってなくなっちゃうのかな？」

「……さあ、どうなんでしょうね？　そこの人間を使って試してみたらどうです？」

部屋にいるキーラン国民全員が「ひいっ！」と震え上がった。

もはや抵抗する気すらないようで、ただこちらを怖がっている。

(私の前ではあれだけ強気だったのにね)

シリルはそんな彼らを冷たい目で見返す。

「キーラン国にある異世界人の召喚資料は、百年前に密偵を派遣しすべて燃やし尽くした。召喚師のスキルを持つ者にしても、方法がわからなければ誰も召喚できないよね？　お前たちはモフィーニアにかなわない。無駄なあがきはやめて、おとなしく国内だけで過ごすんだね」

「そ、そんなっ！　もう聖遺物もない。我々は魔族に屈するしかないのか!?」

「アルフィ。エマを連れていくから、あとは任せた」

晴れ晴れとした顔で私の手を取るシリル。恥ずかしさよりもホッとした気持ちが勝って、私も彼の手をキュッと握り返した。隣にいる彼がとても頼もしいと思える。

「承知いたしました、陛下。というわけで、キーランは今から、我がモフィーニアの属国になりまーす」

（シリルやアルフィが城の人間たちを血祭りに上げなかったのは、こういった理由があったからなんだよね）

これが、なるべく人を殺したくない私と、キーランに怒り心頭の魔族たちとの妥協点だった。

謁見室には、もう何度目かもわからない国王や王子、元家族たちの叫び声が響いた。


そうしてその場を離れ、シリルに運ばれて救出された下級魔族たちに合流する。小さなモフモフたちは、私たちが戻ってきたのを見て喜んでくれた。

「皆、無事でよかったです。もう大丈夫ですよ、シリルが呪いのもとになった道具を壊してくれましたから。さあ、皆でモフィーニアに帰りましょう」

あらかじめアルフィが城の庭に作ってくれた転移陣に、モフモフたちを誘導する。

魔族の兵士や役人は、アルフィを補佐するために残っている。

「聖女様、下級魔族を連れて先にお帰りください。あとは我々が」

正直、私には国同士の細かなやり取りはわからない。

前世で魔王だったのは一瞬だし、今世でも食堂経営に没頭しているから。

ここは彼らに任せた方がいい。

「エマ、行こう」

シリルに腕を引かれ、小さなモフモフが全員転移したのを見届けてから私たちも魔法陣の上に足を踏み入れた。

光に包まれた私は、次の瞬間にはモフィーニアの城の庭に立っていた。

「さあ、皆、ケガはないですか？　あれば治しますので、見せてください」

数匹がトコトコと私の方にやって来る。いずれも擦り傷程度のケガだった。

誘拐されたときに暴れてできた傷かもしれない。

彼らの傷をすべて治癒すると、城に残っていた上級魔族が集まってくる。

「魔王陛下、聖女様、ご無事でなによりです！　下級魔族たちは私どもがすみかへ帰しますので」

モフモフたちを彼らに預け、協力してくれた子犬形の魔族に話しかける。

「ありがとう。今度ごちそうするから、食堂に来てくださいね」

子犬はフリフリと尻尾を振って、仲間の魔族たちの方に走っていった。

「……かわいい」

「エマ、僕たちも城に帰ろう」

「うん」

シリルには、執務室に戻ってやる仕事がある。

しばらくは二国間を行ったり来たりしなければならないだろう。

「エマ、頬が腫れてる。切れてはいないみたいだけれど」

「ああ、これですか？　リマに打たれたところかも」

「あの勘違い女、許せないよ」

怒りのせいか、彼の頭に銀色の狐耳が出現した。テオもそうだけれど、興奮すると耳や尻尾がやはり出やすくなるらしい。

「大丈夫ですよ、シリル。そのうち腫れも引くかと」

「そういう問題じゃない。シリル。君をひとりで行かせたこと、後悔してる」

「打たれたときに飛び出さないでいてくれて、ありがとうございます」

「もう少しであの女に向けて魔法を放つところだったよ。それ以外の人間にもね。寄ってたかってエマを侮辱するんだから」

魔王の執務室まで同行し、興奮気味のシリルを椅子に座らせる。

「シリル、私を行かせてくれて感謝しています。おかげで、一番被害が少ない形で魔族たちを救出できました」

「そうだけどさ。あーっ、なんか、むしゃくしゃする！」

こういうところはまったく魔王らしくない。少年時代のままだ。

「エマ、ちょっと……」

シリルは魔法で氷を出し、持っていた大きめのハンカチで包む。

「頬、冷やしておいた方がいいよ。こっち来て」

おとなしく彼に近づいた私の頬に、ひんやりしたものが触れる。

ドキリとして視線を上げると、心配そうに眉をひそめたシリルと目が合った。

「僕も治癒が使えたらいいのに」

悔しそうにシリルがつぶやく。治癒のスキルは聖女以外に出現しないのだ。

「私はシリルのように、たくさんの魔法を使いこなせるようになりたいですよ」

「お互いにないものねだりだね。あ、でも、エマは練習すればもっと魔法が上手になれるよ。教えていて気づいたんだけど、わりと才能あると思うんだよね。できない人は何度やってもできないから」

「そうならうれしいです」

使える魔法が増えれば、守れる相手も増える。それに料理にも応用できるかもしれない。

「シリル、おなかが空いたでしょう。なにか軽く作りましょうか？」

尋ねると、彼の両手がにょきっと伸びてきて私を膝の上に座らせた。

「今はいい。こうしてエマの無事を噛みしめたいんだ」

「困った魔王様ですね」

言いつつ、シリルの好きにしてもらう。ピクピクと動くモフモフの狐耳の前では、私もどうしても相手に甘くなる。

「エマ、もう少しここにいて？」

「いいですよ」

「一緒に食事したい。疲れているだろうから、今日のご飯は料理長にお願いしよう？」

「わかりました」

「今日は一緒に眠りたいな」

「仕方がないですね」

「結婚したい」

「は、い……って、却下！　危ない危ない。うっかり流れでうなずくところだったじゃないですか！」

「うなずいてくれてよかったのに、残念」

まったく悪びれていない顔をして、シリルはエマを抱きしめ続ける。

「今は受け入れてもらえないかもしれないけど、僕はあきらめないからね。必ず君を振り向かせてみせるよ」

ふんわり甘く笑うシリル。

そんな彼を見ていると、『このまま絆されてしまうのでは？』なんて、おかしな想像をしそうになる。

でも、私は人間だから。シリルほど長くは生きられない。

百年間ずっと私を気にしていた彼なので、私がいなくなった後も引きずる恐れがある。それはよくない。

長命な魔族の一生を、自分の思い出で縛るのは嫌だった。失うものは、軽い方がいいに決まっている。

＊　＊　＊

魔族の乱入で混乱するキーラン城内で、アルフィは何度目かの大きなため息をついた。

「なんですか、この醜いドロドロ劇は」

キーラン国の属国化に関して、アルフィはシリルから責任者に任命されている。

けれど、これはなかなか大仕事になりそうだという予感がした。

彼の傍らには、エマから借り受けた狼獣人系魔族のテオがいる。いざというときに護衛になるし、重宝すると貸し出されたので……。本人は帰りたがっているけれど。

自分だって本当は早く帰りたい。

シリルやエマが去ってから、謁見室では王族や貴族による責任の押しつけ合いが始まった。

醜い口撃合戦だ。

「全部、娘を制御しきれなかった侯爵家の責任だ！　エマの育て方がまったくなっていない！」

「お言葉ですが、我々は何度もエマを処分したいと訴えましたよね！　あなたが『異世界人の血は守るべきだ』と却下したんでしょうが！　もっと早くにあいつを消していれば、こんな目には遭わなかった！」

「うるさい！　お前たちが娘にえん罪をかぶせて殺そうとしたのが発端だろう！」

「しかしそれは殿下の発案で、我々は実行に移しただけです！」

侯爵らしき男の発言を聞いて、第二王子が激高する。

「俺ひとりのせいにするつもりか！　お前らだって乗り気だっただろう。そもそも、最初にその案を出したのはリマだ！」

なおも玉座を動かない国王は、侯爵家を糾弾する息子の肩を持った。

「控えよ！　これは侯爵家の責任問題である！」

「陛下、あんまりです！　聖遺物さえあれば……あなたが聖遺物を奪われたから悪いんじゃないですか！」

「王族に対する不敬罪だ！　誰か、この者らを全員牢屋へ！」

「あははは、城にいた兵士は全員魔族に倒されたのでしょう？　もうお忘れですか？　引退した方がいいんじゃないですか？」

内輪もめは収まるどころか、どんどんひどく醜悪になっていく。

アルフィたちの存在は完全に忘れられているようだ。

「腹が立ちますねえ。彼らを全員、国境の森にある魔獣の巣に転移させちゃいましょうか」

「駄目ですよ、アルフィ様！　陛下に言われているでしょう？　彼らには責任を取らせると。森送りにするのはすべてが片づいた後ですよ」

「そうでした。では、ちゃっちゃと片づけましょう。早く帰ってエマさんのアップルパイが食べたい」

「俺もっす！　聖女様の作った串カツが食べたいっす！」

ひと通り食事の話で盛り上がった後、国王たちを見るとまだけんかを続けていた。

「話し合いはできそうにありませんね。もう面倒なので、全員捕まえちゃいましょうか」

「そうするっす。モフィーニアの兵士の皆さんも、謁見室に来るよう指示しますね」

こうして、言い争いの最中に乱入した魔族たちにより、国王、王子、エマの元家族たち全員が捕らえられたのだった。

「さて、調べによりますと、この王国には第一王子がいるそうです。ただ彼は長年王族から身を引きたがっていたそうで。国がひどい状況なので内紛に巻き込まれるのはごめんだと思い、城には来ずに母の生まれ故郷で生活していたとか」

「そいつを次の王にすえるんっすか」

「そうです。真面目に勉学に取り組み、第二王子よりも見識が広い。国民からも好かれています」

「人望もあるんすね」

「現国王と第二王子の人望が壊滅的にないんですよ。彼らが税金で贅沢三昧している事実に、国民も気づいていました。ただ、下手に刺激して罰されるのを恐れ、なにもできなかったみたいです」

「さっそく呼び寄せるっす」

こうして国王と第二王子、ゴールトン侯爵家は全員断罪され、王族位、貴族位を剥奪された。

現在彼らは城の牢屋にいるが、建物からは毎日互いを罵り合う声が響いているのだとか。

モフィーニアの魔族によって、その後もキーラン国再建計画は進められていくのだった。

＊　＊　＊

あれから、聖女食堂はまた普段通りの営業を始めた。

ひと仕事終えて帰ってきたテオもまた、私の仕事を手伝ってくれている。

楽しそうにランチがのったお皿を運びつつ、彼は八重歯が覗く口を開いた。

「キーランでの仕事も勉強になりましたけど、俺にはこっちの方が性に合っているっす！」

私は今、ふわとろオムライスを作っている最中だ。

日替わりで来てくれる助っ人は料理長で、彼は私直伝の特製のケチャップライスを作ってくれている。

（うーん、食欲をそそるいい匂い！　あとで料理長に新しいレシピをメモして渡してあげよう。今日の料理が気になっているみたいだし）

「聖女様、今日のレシピも」

「もちろん。あとでお渡ししますね。おいしい料理がモフィーニアに広まるのは私もうれしいです」

「おお、なんと慈悲深い！　さすが聖女様ですぞ、感動いたしました！」

魔王城の料理レベルは飛躍的にアップしている。

キーランで大活躍した子犬のモフモフもカウンター付近に陣取って、配膳などを手伝ってくれていた。

食堂を開店して真っ先に、この子には特製ディナーコースとおやつセットをプレゼントしている。とくにお肉の赤ワイン煮込みを気に入ってくれたようで、マッシュルームスープも好評だった。

「聖女様、料理長！　オムライス定食とカレーうどん、ビーフシチュー定食を追加っす！」

「了解です」

この日も無事に営業を終え、まかないタイムに突入した。

「さてさて、今日はなににしましょうか」

「揚げ物が食べたいっす！」

「わたくしはグラタンがいいですぞ！」

「では、唐揚げグラタンにしましょうか。グラタンのはさみ揚げという手も。クリームコロッケも捨てがたい」

「ワンッ、ワン！」

「ニャー！」

「ブヒッ！」

「ピヨピヨ！」

モフモフたちまで参戦してきた。

「私、獣形魔族の言葉がわからないのですが」

「もっと肉が食べたいと言っているっす！　こっちはハンバーグ、向こうはラーメンと餃子がいいと……」

「そういえば前に作ったことがありましたね。ですが、見事に全員バラバラです」

「ここは、魔王陛下に決めてもらいましょう！」

振り返ったテオにつられて顔を上げると、ちょうど仕事が一段落したシリルが食堂へ入るところだった。少し疲れているみたいだ。

「お疲れさまです、シリル」

「はぁ～、エマ、癒やして～」

フラフラと歩いてきたシリルは、上半身を倒して私にもたれかかってくる。重い。

「まったく、仕方がないですね。無理はしないでください。なにか食べたいものはありますか？　メニューのものでもいいですし、材料があれば今まで食べた中で決めていただいてもいいですよ」

「……ハンバーグ」

シリルが答えると、ハンバーグを希望していた子猫のモフモフが「ニャー！」と喜びの声をあげた。

「それでは」

私と料理長は目配せした。同じ料理人として、彼とは通じるものがある。

「いきますぞ！　玉葱みじん切り！」

「私はほかの材料を混ぜていきます！」

華麗なコンビネーションで、ハンバーグのタネができあがっていく。

玉葱も合わせてタネを楕円に形作る。パンパンと音を立てながら、私はハンバーグを形成していった。その間に料理長は付け合わせを作ってくれる。

「サラダ、そして定食用のあまったスープにパン！　デザートにフルーツも添えますぞ！」

「赤ワインやバター、あまったケチャップなどを使った特製ソースも作りました！」

できあがったハンバーグから大きなプレート皿に並べていく。

料理長が用意したサラダを添えて、最後に上品な濃厚ソースをとろりとかければ完成だ。

いい香りの湯気が上がり、食堂中に赤ワインの香りが広がっていった。

「さあ、できました！　ハンバーグ定食です！」

「どうぞお召し上がりください、ですぞ！」

カウンターやテーブルに料理を並べていくと、モフモフたちがいっせいに皿へ群がった。

「おお、肉だ肉！　揚げ物じゃないけど、うれしいっす！」

私もシリルの隣に座る。

お試し恋人中だからか、皆が気を使って椅子を空けてくれたのだ。

「いただきます」

ナイフでハンバーグを切るとジューシーな透明の肉汁があふれてくる。

それにルビー色に光る赤ワインソースを絡めて頬張れば、ふたつが混じり合ってえもいわれぬハーモニーを奏でた。

「んんっ！　最高ですぞ！　ぜひソースのレシピもくだされぇっ！」

ハンバーグを頬張りながら、料理長も目を輝かせている。

「シリル、どうかな」

「おいしいね。エマの料理を食べると、いつもホッとする」

シリルがうれしそうに微笑んでくれるのを見て、ハンバーグを作ってよかったと思った。

「エマ、口もとにソースが」

そう言って人さし指で私の唇を拭い、ペロリとなめとる。色っぽい仕草だった。

「シリル、恥ずかしいです」

「んー？　なぁに？　僕を意識してくれているの？」

「えっ、違っ……！　そんなんじゃないです！」

必死に反論すればするほど、相手を意識しているように見えてしまう。

ニヤニヤしだした魔王を誰も止めてくれない。それどころか皆、シリルを応援しているそぶりだ。私の味方はいないようだった。

「魔王陛下、俺、聖女様との仲を応援するっす！　百年越しの恋なんて素敵っすからね！」

「愛とは素晴らしいものですな！　料理人一同も全力で応援しますぞ！」

「ワンワン！　クゥーン！」

「ニャーォ！　ニャーォ！」

「ブヒブヒ、フゴッ！」

「ピー！　ホケキョ！」

モフモフたちまで一緒になってはやし立てて、恥ずかしさでどうにかなりそうだ。

（そして最後の小鳥っぽい子、君、ウグイスだったの？）

こちらの世界にもウグイスらしき生物がいたなんて驚きだ。

この場にいないアルフィもシリルの味方みたいだし、魔王のストッパーが不在……。

「そういえば、アルフィはまだキーラン国なの？」

「そうだよ。僕と一緒で向こうとこっちを行き来しているけれど、基本的に向こうにいる時間が多いね。王位に就けた第一王子と仲よくやっているみたい。彼は魔族への偏見がなくて友好的なんだ」

「キーランにもそういう人がいたんですねえ」

「大半は魔族を恐ろしがっているけどね……でも国民にとっては、前の王族とどっちがマシなのかの方が重要みたい。魔族であっても、自分たちが過ごしやすくしてくれるならかまわないという空気だね。魔族を知らない若い世代は、好奇心もあってかなり友好的だよ」

「二国間の軋轢がなくなるといいですね」

「魔族側の考えも変えていかなきゃならないけどね。むしろその方が大変そうだ。エマもこっちへ来た当初、襲われたことがあったでしょう？」

「なるほど、そうでしたね。私に手伝える仕事があればいいのですが」

のんびり好きな料理をして暮らすなんて言いつつも、モフィーニアやシリルたちが気になって仕方がない。

フレディオは聖女に関係なく平和に暮らしてほしいみたいだったけれど、私はやっぱりモフィーニアやシリルが好きだから。

それに、平和あっての聖女食堂だと思うから。

「だったら、エマ！　ぜひ魔王妃になって？」

（大変だ、話がもとに戻った！）

「いいえ、ですから、それは……」

「僕はあきらめないよ。必ずエマに好きになってもらう」

真っ赤な瞳で流し目を送り、隣に座る私の肩を抱き寄せるシリル。彼はさりげなく耳と尻尾を出して誘惑してくる。ふわふわの手触りが素晴らしい。シリルは策士だ。

（私が銀狐姿に弱いと思って……まあ、事実そうなのだけれど。本当に、なんで彼は私なんかが好きなの）

悩む私とは裏腹に、午後の食堂には穏やかな時間が流れていた。

料理長が食後の紅茶を用意してくれる。

そうして、またしてもほかのメンバーは私ではなくシリルの恋を応援するのだった。


それから、キーランは完全にモフィーニアの属国になり、国王は元第一王子になった。大勢の魔族がキーランの各地に派遣され、人間たちと友好関係を築いている。

互いへの差別がなくなったわけではないし、文化の違いから問題も起きるけれど、税金の軽減や国の無駄な支出が減って税が軽減されたたので、モフィーニア王室を支持する人間も出てきているそうだ。

私は相変わらず、魔王城で聖女食堂を続けている。

ここで食事をする魔族たちが、おいしい食事で心を癒やし、素敵な時間を過ごせるように。

そして、愛しのモフモフたちと一緒に第二の人生を送るのだ。

# 特別書き下ろし番外編　伝説の聖女、東の四天王に会う

初めてエマを見たとき、シリルは『なんて綺麗な黒髪なのだろう』と思った。

黒髪は人間の国に召喚される異世界人の特徴だ。たまに髪を染めている人間もいるけれど、異世界人の地毛は黒……もしくは黒に近い茶色が多い。

父フレディオに連れられてきた彼女は、なぜかロープでぐるぐる巻きにされていて、衰弱しているように見えた。

「父上、その人間は？」

「聖女だ」

「えっ……」

シリルは聞き間違いではないのかと首をかしげ、目の前の人間を見つめる。鑑定のスキルでステータスを見れば、たしかに聖女と表示されていた。

そこでシリルは初めてエマの名を知った。

聖女といえば、モフィーニアの魔族にとっての天敵だ。今まで、何人もの魔族が聖女の犠牲になってきた。

節操なく結界を張り、我々の敵である人間どもの傷を癒やして体力を回復する厄介なスキル持ち。さらには魔法を使う個体までいる。

エマは、かなりスキルの高い聖女だった。力の強さや使えるスキルは召喚される人間によって異なるのだ。

「父上、敵国の聖女を捕らえてきたの？」

「違う。拾ってきた。偵察帰りに魔獣どもが騒いでいてな」

「は？　聖女を拾うって……」

父にはこういったお人好しな一面がある。よく、ケガをした下級魔族などを拾ってくるのだ。おかげで、今や城の至るところで小さな魔族が走り回る光景が見られた。

「この状態で魔獣の出る森に捨てられていた。もう少しで命を落とすところだったのに、見捨ててはおけないだろう。最近、キーラン国が聖女召喚に成功したと聞いたが、これがその聖女かもしれない」

シリルは改めて聖女を眺める。全身を拘束された上、猿ぐつわを噛まされている。

「厳重な拘束だけれど、スキルを使おうと思えば使えるんじゃないの？　キーランの罠では？」

「最初はそれを疑って様子を観察していたが、一向に魔獣に反撃する様子が見られなかったのでな。それにこの衰弱具合だ……ただ捨てられていただけのように思えてな。スキルの使い方さえ知らない可能性がある」

たしかに罠にしてはずさんすぎる。今回はたまたま父が通りかかったものの、ひとりで森に倒れていても、誰にも発見されない場合だってあるのだ。

「シリル、私はこれから執務に戻る。その間、聖女を見ておいてくれ。体が冷えているようなので温めてやるといい」

「僕が!?」

「魔族の中には彼女に敵意を抱く者もいるだろう。今はお前にしか頼めない」

シリルは黙ってエマを見て、そして父の言葉にうなずいた。

彼の言葉をもっともだと思ったし、なぜか聖女を目にした瞬間から、どうしようもなく惹かれてしまったからだ。心がソワソワする。

獣人系魔族は得てして本能的なひと目惚れが多いのだった。

「起きたらどんな感じなのかな」

魔族を怖がるだろうか、敵意を抱くだろうか、それとも……。

父に言われた通りエマをこっそり自室に運び、拘束を解いていく。強く食い込んだ縄のせいで、彼女は何カ所もケガをしていた。

最後に猿ぐつわをはずすと、薄いピンク色の唇が現れる。

「同い年くらい?」

まだ戦場に出た経験のないシリルは、間近で同年代の異世界人を見たのは初めてだった。

口の堅い女性の使用人にエマの着替えを頼み、自分の寝台へ目覚める様子のない彼女を運ぶ。

「……かわいい。けど、人間なんだよね」

しかし、警戒心の強い父が大丈夫だと判断し、シリルに任せた人間だ。

とりあえずエマの冷えた体を温めるため、シリルは獣形になった。生まれたての下級魔族は獣形だから、ほかの魔族は獣形を『未熟の証』と呼び、その姿になるのを嫌がることが多い。

自分の獣姿はなかなか美しいと自負しているシリルは、気にしないけれど。

銀狐の姿になり、目覚めない聖女の下へ潜り込むと、徐々に彼女の体温が戻ってくるのがわかった。しばらくの間、じっと相手を観察する。

「なんで森にいたんだろう」

起き抜けの聖女が自分を見てなんと言うか気になったが、しばらく経って起きた彼女のひと言は「犬……?」という、敵意皆無の気の抜けたものだった。

その言葉でシリルは、『ああ、この子は大丈夫だ』と確信する。

おおよそ恐怖心を抱いていなそうなエマは、大きな銀狐を見ても逃げ出すそぶりさえ見せなかった。ヒト形に戻ってみせても、驚いて目を丸くしているだけだ。

その後は父とともにエマの事情を聞き、彼女を魔王城へ迎え入れると決まる。

すっかりエマを気に入ったシリルは彼女につきまとい、仲よくなり、年齢を聞いて驚愕した。

頼りなく小柄で童顔の聖女は立派な大人だったのだ。

魔族は十五から二十年ほどで成人し、それからは非常にゆっくりと年を重ねる。

（……大丈夫、年の差は少ないし。魔族の感覚で考えると問題なし！）

自分に言い聞かせたシリルは、その後もエマの後をついて回った。弟扱いされているとも知らずに。

＊＊＊

紆余曲折を経て転生した今のエマは、シリルよりも年下の姿で再び魔王城へやって来た。

そして、聖女食堂の店主として日々楽しそうに働いている。その姿を見るだけで、シリルの心は満たされた。

またエマに会え、一緒に過ごすことができ、シリルの毎日は薔薇色だ。

いちいち理由をつけては、エマを見るために聖女食堂に顔を出す日々を送っている。

たまにエマが差し入れを持ってきてくれたときは、天にも昇る気持ちになるというものだ。

途中でキーラン国の邪魔が入ったが、事件を解決してからは以前よりも平和な状態が続いている。

モフィーニアの属国となったキーランでは、魔族と人間との友好化が図られていた。

そちらはまだ時間がかかりそうだった。

「はー……疲れた」

いろいろがんばってはいるけれど、まだまだ実務では父に及ばない。

執務室の机上に突っ伏すと、ちょうどいいタイミングでエマがやって来た。

「シリル、今、大丈夫ですか？」

「エマならいつ来てくれても大丈夫！」

少々食い気味に返事をし、急いで彼女を部屋に招き入れる。エマからは甘いバターの香りがした。

「がんばっているシリルに差し入れですよ。今日は桃のタルトです」

彼女は微笑みながら、持ってきた箱を差し出してくれる。

（好き！　結婚したい！）

すばやく立ち上がったシリルは、エマを休憩スペースの長椅子へ案内し、そそくさと紅茶を淹れる。

すでに切り分けられたタルトの上には、薔薇の花の形になったシロップ漬けの桃が飾られていた。

（斬新だ……！）

「すごい、エマは天才だ」

「大げさですね、これは召喚前の世界にあった技法なのですよ。林檎などでもできます」

「結婚して」

「……どうして話がそこへ飛ぶのですか？」

この日もまた、エマに求婚を流された。しかし、シリルは断じてあきらめないつもりだ。

ずっと弟扱いされていたシリルだけれど、ようやくお試しの恋人という立場に昇格できたのだ。せっかく得たチャンスを逃してはいけない。

隙あらばエマに求婚していこうと思っている。いつかきっと、想いが彼女に通じるはずだ……いや、通じてほしい。

「タルト、すごくおいしいね」

しっかりとエマの隣に座り、シリルは皿にのせたタルトを頬張る。

「気に入っていただけてよかったです」

「アップルパイも好きだけど、桃のタルトも好き」

「それじゃあ、また作りますね。差し入れに持ってきます」

「結婚して」

「……だから、どうしてそうなるんですか？」

本日二度目の求婚も駄目だった。

（うっかりうなずいてくれないかな……）

気を取り直して皿を片づけたシリルは、箱を片づけるエマを抱き上げて長椅子に運ぶ。

やはり、エマを懐柔する方法はひとつしかないらしい。

シリルは彼女の前で、銀色の毛並みに覆われた大きな銀狐姿に変身した。途端にエマの瞳が輝きだす。

エマはモフモフした生き物が好きだ。シリルが銀狐の姿になると、いつも触りたそうにしている。

シリルだけでなくほかの獣形を取る魔族にまで興味を持つのは考えものだけれど。

なんとか銀狐だけを好きになってもらいたい。

「エマ、今日は食堂が休みの日だよね」

「シリルは私のスケジュールまで全部把握しているんですね。立派な魔王です」

「……まあね」

違う。エマのスケジュールを率先して調べているだけだ。

話していると憔悴しきったアルフィがやって来た。キーランから転移陣で帰ってきたようだ。

キーランでの事後処理の責任者である彼は、現在とても多忙なのだった。

「陛下、ずるいです。自分だけエマさんとおいしいものを食べて」

恨めしげな彼を見て、すかさずエマが残りのタルトを皿にのせる。

「アルフィのぶんもありますよ。お疲れさまです」

「エマさん、さすが聖女様！」

フォークや紅茶まで用意されたアルフィは、あとでシリルが食べようと思っていたタルトをうれしそうに頬張り始める。

「うーん、美味でございます！　糖度が高くみずみずしい桃と、サクサクのタルト、クリームチーズの組み合わせがたまりませんね。帰ってきてよかった〜！」

不満を隠しきれないシリルは低い声でうなった。

「……あっそ」

「そういえば陛下、キーランの件、東の魔族たちは大丈夫でしょうか。今回の件で荒れなければいいのですが」

「一度顔を出す予定ではいるよ。彼らの人間嫌いは筋金入りだからね」

仕事の話だと気を使ったのか、そっと部屋を出ていこうとするエマの腕を取って引き留めつつ、シリルは答えた。

「東の地にエマを連れていく」

「ええっ⁉　危なくないですか？　たしかに伝説の聖女様は、例外的に人間であっても称えられていますけど。東の魔族は先日の誘拐被害が最も多く……」

「大丈夫、東のトップは昔のエマと面識がある。歓迎してくれるはずだ」

「あー……今の四天王の方ですか。熱狂的なエマさんのファンでしたっけ」

エマは不思議そうな表情でふたりの会話を聞いている。

四天王の存在はすでにエマも知っている。東西南北の各地に、魔王の次に権限を持つ魔族を配置しているのだ。そうして細かな部分の統治を任せている。

「前世の話になるけれど、異世界人との戦いの際、東の四天王はエマに命を助けられているんだよ。当時はまだ四天王じゃなかったけれど……」

エマはものすごい数の魔族を治癒していたので、いちいち相手を覚えていないだろう。

話を聞いたエマは、納得した様子でうなずいた。

「私でも役に立てるのであればついていきます」

本当はキーランに隷属印を奪いにいく計画をしたあのとき、シリルはキーラン全土を滅ぼしてやろうと思っていた。

けれど、それを聞いたエマが『関わりのない大勢の民を殺すのは嫌だ』と言ったから、キーランを属国にするという面倒な方法を採ったのだ。

そうしたからには、魔族と人間がいつまでも過剰にいがみ合っているのは困る。

もうキーランでは異世界召喚は起こせない。普通の人間と魔族なら、魔族の方が圧倒的に強いので脅威はない。

ただ、恨みが深い魔族が、そこらへんの人間を虐殺しまくるような事態は避けたい。

「ありがとう。エマは人間だけれど魔族に協力的だ。東の者たちの人間嫌いも緩和するだろう。もちろん、エマに危険が及ばないよう僕が守るよ」

「ありがとうございます」

こうしてシリルとエマは東の中心地、草原都市エアミアルへ向かうことになった。

＊＊＊

私──エマは現在、魔王城から転移陣で移動し、モフィーニア東部に広がる草原都市エアミアルという場所へ来ている。

どこまでも続く平らな大地は、青々とした背の低い草に覆われている。

ここはテオの故郷でもあり、草原には狼などの獣人系、丘陵地には鳥人系の魔族が暮らしている。乾いた風が吹き抜け、スカートをふんわりと揺らした。

魔王城のある中心部からはやや離れており、若干田舎扱いされている東の地。

広々とした自然の中では、獣姿の下級魔族たちがのびのびと楽しそうに走り回っている。

「のどかな風景ですねえ。かわいい小さなモフモフたちがたくさん」

とても癒やされる、牧歌的で素敵な場所だ。

「僕の獣姿の方がモフモフだしかわいいよ」

シリルは毎回下級魔族に対抗する。

大きな銀狐も魅力的だけれど、小さな動物たちも愛おしくてたまらない。

まずは草原都市エアミアルの代表、四天王のオードリーという人物に会いにいく予定だった。

草原の真ん中に建つ、黒いドーム状の建築物が四天王の拠点。

魔王城も真っ黒だけれど、黒は魔族にとって高貴でいい色と認識されているのだ。

（……私から見ると、厳めしくておどろおどろしい感じ）

シリルに連れられて建物へ入ると、東の地の魔族たちが廊下の両サイドにずらりと並び、仰々しい出迎えをしてくれる。

「魔王様、伝説の聖女様！　ようこそ、草原都市エアミアルへ！」

きっちりそろってお辞儀する彼らを前に、私は恐縮した。

すると、奥から背の高い、たっぷりとした赤髪を背中まで伸ばした綺麗な女性が歩いてくる。

ぴったりと体に沿った紫色のタイトな服は、胸もとが大きく開いたデザインだ。

堂々としている彼女の姿は、同じ年頃の女性として憧れるものがある。

(彼女が四天王のオードリーか)

年齢は今の私より少し上に見えるけれど、魔族は外見詐欺だ。この人は百年前の私と会っているみたいだから。

優雅な仕草で髪をかき上げた彼女は、キリリと四天王にふさわしい表情を浮かべていたけれど、私を見ると急に相好を崩した。

「エマ様！　お会いしたかった！」

「へ……？」

突然私の方へ駆け出した彼女は、すぐそばまで来てギューッと私を抱きしめた。

豊満な胸を押しつけられた私は、あたふたしつつされるがままになっている。大人っぽい香水のいい香りがした。

「オードリー、エマから離れて」

しかし次の瞬間、背後からシリルの冷たい声が響く。

ピクリと反応したオードリーは、そっと私を放して後退した。

「陛下、ご機嫌麗しく……ですが、少々余裕がありませんわね。そのような態度では、エマ様に愛想を尽かされるのではなくて？」

「大丈夫。エマと僕は付き合っているんだから」

「おやまあ、例のお試し期間とやらですか。それにしても、あれだけ一緒にいていまだに結婚の話も出ない。まだ彼女の心を手に入れられていないのですね」

「……うるさいな」

シリルがイライラした様子で答える。

「エマ様。魔王城が嫌になったら、いつでも草原都市エアミアルへいらしてくださいね。私が全身全霊をかけ、あなた様のための住環境を整えますわ！」

（あ、あれ……？　シリルとオードリーって仲が悪いの？）

オロオロしていると、そばにいたオードリーの部下がこっそり耳打ちして教えてくれた。

「あのふたりは年齢が近いので、昔からいろいろ衝突しがちなんですよね。仕事の相手としてはいい関係ですが、四天王は全員我が強いですから、昔は魔王陛下もそれなりに苦労されたようですよ。今はああやって言い合っていますがね」

父親が亡くなって唐突に降ってきた魔王の座。幼いシリルにとって父の跡を継ぐのは本当に大変だったのだろう。私はいまだオードリー以外の四天王に会ったことがない。

それぞれが離れた地で忙しくしているし、とくに会う用事がなかったからなのだけれども。

「オードリー様は命の恩人であるエマ様にお会いするのを、それはそれは楽しみにしていたのですよ。あの頃は彼女も成人前で、異世界人の攻撃を受けて命の危機に陥ったんです。それを救ってくださったのはあなたでした」

「そうなんですか。それで、えっと、あなたは……？」

「申し遅れました。私はオードリー様の副官、ベンジャミンと申します」

ベンジャミンは落ち着いた中年紳士で、とても礼儀正しい人だ。

オードリーがあんな感じなので、ちょうど彼のような副官が合っているのだと思う。

挨拶していると、シリルとオードリーが我に返った様子で私たちに目を向けた。

「エマ様、申し訳ありません。すぐに奥の間へ案内しますわね」

オードリーに合図された彼女の部下たちは、一糸乱れぬ動きで私たちを誘導する。

（……全体的にキビキビしているな）

シリルとオードリーはキーランについての話をしなければならない。

その間、私は近くに座って話を聞いていた。

「東部の魔族たちは人間どもの動向に関して静観していますわよ。結界を越えてはならないという決まりを破るような不届き者は、この地では生かしておきませんもの」

妖しく笑う彼女から、謎のすごみオーラが伝わってくる。

(ぶ、物騒!　これ、敵に回しちゃ駄目な人だ)

「キーランとの行き来に関しては考えがあるけれど、しばらくはこれまで通り制限するよ」

「それがいいかと思いますわ。南のバカどものように、決まりを守らない魔族もいますからね。エマ様が傷ついたら大変ですわ」

「エマに危害を加える者は許さない。相応の対処はさせてもらう」

「血祭りですわね。いいえ、それだけではぬるいですわ」

「その通りだ」

話し合いはどんどん過激化していく。

駄目だ、アルフィもそうだけれど、モフィーニアには圧倒的に火消し役が足りない!

ベンジャミンはにこにこ笑って見ているだけだし。

でもとりあえず、モフィーニア東部の魔族たちはオードリーが抑えてくれているようだ。

「……よかった」

彼女に逆らってまで人間に危害を加えようとする魔族は今のところいない。

話し合いはなんとか無事に終わり、シリルはこの日の仕事をやり遂げた。

その後は自由時間だ。

オードリーはなぜか私につきっきりで、いろいろ世話を焼いてくれた。

「エマ様。せっかくですので、エアミアルを観光しませんこと？」

「したいです！」

「この日のためにさまざまなプランを考えていたのです！　今からだと近場になりますが、建物の裏にある草原にはほどよい温かさの広い池が点在していて、ここの者たちはよく泳いでいるのですよ。せっかくだから、エマ様もエアミアル名物の池に入ってみませんか？」

「温かい池……ですか？」

「はい。地下に魔石がたくさん眠っていて、その関係で年中水が温かいのですわ。お風呂にするにはぬるいのですけれど、泳ぐにはちょうどいい温度です」

「でも、私は着替えを持ってきていなくて……」

辞退しようとするとオードリーが逃がさないぞとばかりに私の手を取り、にんまりと笑った。

「大丈夫ですわ！　水着も着替えも用意がございます！」

「え、ええ……」

そんなこんなで半ば強引にオードリーに連れられた私は、濡れても問題ない服に着替えて池へ行くことになった。

事前にオードリーが用意してくれた水着はいろいろと、とくに胸周りのサイズが合わず……急遽渡された透けないシャツと短パンで池へ向かう。シリルやベンジャミンもついてきた。

「……うう、体型の差め。スカスカの胸部が憎いです」

「エマはそのままでいいよ。むしろここで水着姿を大勢の目にさらすなんて駄目！」

私のつぶやきに気づいたシリルが、変なフォローをしてくれる。

「でも個人的に見たいから、今度プレゼントさせて？」

「変態かな」

シリルの提案を切って捨てた私は、気を取り直し、ドーム形の四天王の拠点から最寄りの池へ転移した。ベンジャミンがアルフィと同じく、転移陣スキルの使い手らしい。

「私が運んでもよかったのですけれど」

なぜかオードリーが残念そうな表情を浮かべる。

彼女も魔法で空を飛ぶのかなと思っていると、またしてもベンジャミンは補足してくれた。

「オードリー様は鷹の鳥人系魔族なのですよ。人を抱え、背中の翼で空を飛べます」

「鷹……！」

羽毛がモフモフしていて魅力的だ。

「ちなみに、ベンジャミンはなんの魔族なのですか？」

「私ですか、獅子です」

ベンジャミンは、にこにこしながら答えてくれる。

（……獅子というと、ライオン⁉）

穏やかに見えるベンジャミンが肉食の獣人系魔族なのは意外だった。

話をしているうちに、セクシーな水着姿のオードリーがザブーンと池に飛び込んでいる。

「エマ様、こちらへ！」

魔族は地位があっても人間のように堅苦しくなく、自由にのびのびと生きている者が多い。

オードリーも同じようだった。

「今行きます！」

私も勢いよく池に飛び込む。

冷たさを覚悟していたけれど、池はオードリーの言った通りでほどよい温かさだ。

「わあ、温水プールみたい」

一応泳げるので、岸まで引き返せる程度にバシャバシャと進んでみる。

深さはさほどなく、私の首から上が出るくらいだ。

「西の地の魚人系魔族には劣るけれど、東の者だって泳ぎは得意なのですわ！」

そう言って優雅に泳ぎ始めるオードリー。

シリルとベンジャミンは池に入らず、岸辺から様子を見守っているだけだ。

「ふたりは泳がないんですかー？」

池に入ったまま問いかけると、それぞれ違う答えが返ってきた。

「私は、水浴びが好きではないので」

「僕は、エマをじっくり見ている方が楽しいから」

「変態かな」

最近、シリルへの尊敬の気持ちが徐々に薄くなってきているような……。

ブンブンと頭を振り、オードリーのいる後方を向く。そこには、やはり憤慨している四天王がいた。

「変態陛下！　エマ様へのセクハラは許しませんわよ！」

彼女はバシャバシャと池の真ん中からこちらへ向かってくる。その背中がおかしい。

「あ……羽だ」

オードリーから翼が生えている。シリルやテオが興奮すると耳や尻尾が出るあれと同じだ。

人の形を好む上位魔族といえど、私の周りの魔族たちは結構な頻度で獣などの姿に戻っている気がする。感情が高ぶりやすいのかな。

私たちはしばらく池を満喫し、再び四天王の拠点へ帰還した。

「ちょっと小腹が空きましたわね。でも食事まではまだ時間があるし」

応接室に戻ってぼやくオードリーに向け、私は持ってきた包みを差し出す。

実は東の地に来るにあたり、事前にお土産を用意していたのだ。

「これ、フォルフォッグにある工房で作ってもらった、持ち運べる冷蔵庫の〝冷蔵箱〟なんですけど、中に今朝作ったデザートが入っています」

そう言って、冷蔵箱を開く。

「こ、これは……プリン？」

白い陶器に淡い色のなめらかな、プリンに似たものが入っている。

プリン自体はこの世界でもメジャーなデザートだ。おいしさはさておき、日本でいう焼きプリンに似たものが出回っている。

「おお、エマ様が作ったデザートですか⁉　なんだかやわらかそうなプリンですわね」

彼女の瞳が輝き、さっそくその場にいるメンバーでおやつを食べる。

「皆さん、食べるのはもう少し待ってください。これには最後の仕上げが必要なんです」

「仕上げ？　このままで十分食べられそうですわ。なんなら普段食べているプリンの数千倍おいしそうですわ」

「オードリー様のおっしゃる通り、今のままでもおいしそうなプリンです」

シリル以外のふたりが首をかしげる。

「ちょっと、見ていてくださいね」

私は冷蔵箱に一緒に入れていた砂糖を取り出し、それをプリンのてっぺんに振りかけた。

そして、シリルに教えてもらった全属性魔法のうち、炎の魔法をプリンに向けて弱火で使う。

（よし、ちょうどいい火加減……）

すると、砂糖がこんがりと焦げる甘い匂いが漂い始めた。

（このくらいかな）

手を止めた私は、にっこり笑って口を開く。

「はい、できましたよ！」

プリンの表面に軽く焦げ目がつき、パリパリになった。砂糖が溶けて固まり、薄い飴状の膜になっている。

「どうぞ、クレームブリュレです」

「まあ！　こんなデザートは初めて見ましたわ！」

「素晴らしいですね、とてもいい香りです。目の前で仕上げをしていただくと、さらにおいしそうに見えてきます」

オードリーとベンジャミンが喜んでくれてなによりだ。

カリカリとした表面をスプーンで割り、とろとろと濃厚なプリンをすくって食べる。

隣では、シリルもうれしそうにプリンを頬張っていた。

「んんっ、エマのクレームブリュレはいつ食べてもおいしいね。あ、エマ、口もとに……」

不意にシリルが私の唇を指で拭い、それをペロリとなめる。

（わざとらしい流し目が、色っぽすぎるんですけど！）

恥ずかしさで悶絶しながらクレームブリュレを食べ続ける私だけれど、シリルはその間にデザートレシピの公開を条件に、オードリーといろいろ交渉していた。

あらかじめ『レシピを交渉に使ってもかまわないか』と聞かれていたので『いいですよ』と言っておいたのだ。

役に立てるのはうれしいけれど、自分のレシピがこんな場面で活躍するなんて思ってもみなかった。

（これを機に、おいしいおやつがモフィーニア東部に広まるといいな）

中央と東の地の結束が強まったところで、無事魔王城に転移陣で帰還する。

仲よくなったオードリーやベンジャミンは『いつでも転移陣で遊びにきてください。むしろこちらに住んでください』と、かなり私を気に入ってくれた模様。

（シリルが全力で反対していたけれど）

モフィーニアの知り合いがまた増えてうれしい。

東の地への訪問は、私にとっても実りのある外出になった。


無事に城へ帰ってきた私は現在、なぜかシリルの膝の上に座っている。

正確には、膝の上にて彼の腕に拘束されていた。

「あの、シリル。離してくれませんかね〜」

「どうして？」

「昔ならともかく、私たちは年頃の男女ですよ？」

「知っているよ。だから、こうしているんだ」

シリルはフフンと艶《なまめ》かしい微笑みを浮かべた。

(……あれ、彼って、こんな感じだっけ?)

もしかすると、私は今までかなり分厚い、〝少年時代のシリルフィルター〟を通して彼を見ていたのかもしれない。

その証拠に、オードリーと交渉していたシリルは狡猾で時に容赦がなく、魔王らしい一面を出していた。

「どうしたの、エマ? 顔が赤いけど。少しは僕を意識してくれた?」

にんまりとした表情の彼に指摘され、私は恥ずかしさからうつむいた。

「ねえ、僕と結婚して魔王妃になってよ」

シリルは嫌いじゃないけれど、まだ異性として好きかと問われると断言できない。

(彼の気持ちに気づいたのも最近だし)

だから、私はいつも通りの返事をするだけだ。

「魔王妃には、なりません!」

FIN

# あとがき

はじめまして、桜あげはと申します。

このたびは本作をお手にとっていただきまして、誠にありがとうございます。

こちらの作品は不幸にめげず、無自覚な最強聖女に成長する料理好きな女の子と、彼女に百年以上恋し続けるもふもふ小悪魔系魔王のお話です。主人公は今後も強くなり続ける予定。

お話をいただいた当初は、もふもふと料理と女の子のほっこり辺境ライフにしよう思っていたのですが、書くうちに当初の予想とは異なる世界観になっていきました。

シリルも、もっとこう完全無欠系イケメンだったのですが、主人公の着替え一式を堂々とコレクションするような残念系イケメンに。イヌ科の動物は物を集める「収集癖」がありますので、銀狐もイヌ科キツネ属ということで……

そのほかに狼や兎など様々なもふもふと主人公の作るお料理が出てきますので、お楽しみいただけますと幸いです。

番外編には東の四天王が登場します。

また、特典SSのほうに、北と南の四天王を書かせていただきました。種族や性格は読んでからのお楽しみですので伏せておきますね。

唯一登場しなかった西の四天王は魚人系の俺様魔族という設定でした。皆強いので「四天王最弱」はいないのですが、最強は南の四天王です。魔族メンバーは個性的な子ばかりで物語を進めているうちに勝手に走り出してくれます。

最後に本作にたずさわってくださいました全ての方々に厚くお礼申し上げます。

たくさん学ぶことがあり、大変お世話になりました。この作品ができあがったのは皆様のおかげです。それから、素晴らしいイラストを描いてくださったれんた様、ありがとうございました。かわいいエマや小さなモフモフたち（ウグイスも！）、イケメンの両シリルや作品に登場した料理など本当に感動しきりです。

そして、お付き合いいただきました読者様に心より感謝いたします。

桜《さくら》あげは

追放された聖女は
もふもふとスローライフを楽しみたい！
～私が真の聖女になったようですがもう知りません！～

2021年2月5日　初版第1刷発行

著　者　桜あげは



発行人　菊地修一

発行所　スターツ出版株式会社

〒104-0031　東京都中央区京橋1-3-1　八重洲口大栄ビル7F
☎出版マーケティンググループ　03-6202-0386
（ご注文等に関するお問い合わせ）

https://starts-pub.jp/

印刷所　大日本印刷株式会社

ISBN　978-4-8137-9073-0　C0093　Printed in Japan



［桜あげは先生へのファンレター宛先］
〒104-0031　東京都中央区京橋1-3-1　八重洲口大栄ビル7F
スターツ出版（株）　書籍編集部気付　桜あげは先生

ISBN:978-4-8137-9046-4

ISBN:978-4-8137-9047-1

ISBN：978-4-8137-0528-4　※価格、ISBNは1巻のものです